Impossível sair da Terra

Impossível sair da Terra

Alejandra Costamagna

Contos

Tradução de
Mariana Sanchez

© Moinhos, 2020.
© Alejandra Costamagna, 2016 c/o Indent Literary Agency.

Edição: Camila Araujo & Nathan Matos
Assistente Editorial: Karol Guerra
Revisão: Tamy Ghannam
Diagramação e Projeto Gráfico: LiteraturaBr Editorial
Capa: Sérgio Ricardo
Tradução: Mariana Sanchez

Nesta edição, respeitou-se o
Novo Acordo Ortográfico da Língua Portuguesa.

Dados Internacionais de Catalogação na Publicação (CIP) de acordo com ISBD
Elaborado por Odilio Hilario Moreira Junior — CRB-8/9949

C837i
Costamagna, Alejandra
Impossível sair da Terra / Alejandra Costamagna;
traduzido por Mariana Sanchez.
Belo Horizonte, MG : Moinhos, 2020.
116 p. ; 14cm x 21cm.
Tradução de: Imposible salir de la Tierra
ISBN: 978-65-990590-5-6
1. Literatura chilena. 2. Contos. I. Sanchez, Mariana. II. Título.
2020-435
CDD 868.9933
CDU 821.134.3(83)-34

Índice para catálogo sistemático:
1. Literatura chilena : Contos 868.9933
2. Literatura chilena : Contos 821.134.3(83)-34

Todos os direitos desta edição reservados à Editora Moinhos
www.editoramoinhos.com.br
contato@editoramoinhos.com.br
Facebook.com/EditoraMoinhos
Twitter.com/EditoraMoinhos
Instagram.com/EditoraMoinhos

Sumário

7   A epidemia de Traiguén
19 Jokenpô
23 Impossível sair da Terra
37 Are you ready?
43 Gorilas no Congo
47 O cheiro dos cravos
57 Ponteiros de relógio
59 Ninguém nunca se acostuma
73 A céu aberto
79 Ajeitar as coisas
83 Naturezas mortas

A epidemia de Traiguén

A garota, dizem, é muito, mas muito louca. Chama-se Victoria Melis e chegou ao Japão como chegam os desavisados, os que andam meio perdidos: seguindo um homem. Ele, Santiago Bueno, é natural de Traiguén e está em Kamakura a negócios. É especialista em frangos e o que faz em Kamakura é persuadir sua carteira de potenciais clientes a comprar frangos de altíssima qualidade. Frangos de exportação, que não são alimentados com peixe nem inflados com hormônios e que têm uma morte não diria agradável, mas de modo algum estressante. No entanto, há uma epidemia local, uma epidemia que afeta somente os frangos de Traiguén, e que de tempos em tempos ameaça os negócios das empresas avícolas. Santiago Bueno, gerente da Frangos Traiguén Ltda., deve tomar as maiores precauções a este respeito. Quando os frangos são infectados, eles se debilitam, enfraquecem, ficam horríveis. É como se de repente fossem acometidos de uma depressão crônica. Este é o único sintoma. E um dia qualquer, morrem.

Mas o episódio de Victoria e Bueno começa antes. Cinco ou seis meses antes. A garota tem então dezenove anos e uns olhos muito grandes separados. Suas orelhas parecem redemoinhos prestes a chupá-los. Chupar os olhos. Victoria é secretária, mas até então não tinha exercido o ofício. Na verdade, nunca exerceu qualquer ofício remunerado. A herança de seus pais, mortos num acidente ferroviário, lhe permite viver com certo conforto. Mas dias atrás ela viu um anúncio no jornal e telefonou para perguntar pela vaga de secretária. Sem maiores burocracias, conseguiu um emprego na Frangos Traiguén Ltda. Hoje, segunda-feira, 23 de março, é seu primeiro dia de trabalho. Ao sair de seu apartamento, esta manhã, tropeçou num carrinho de bebê duplo e torceu o pé. Nenéns, nenéns, só sabem fazer nenéns, pensou, enquanto a mãe das crianças pedia desculpas e tentava aplacar o choro duplicado das gêmeas. Mancando e mal-humorada, chegou ao trabalho. E lá está ela agora, com o pé dolorido e uma emoção vertiginosa. É instantâneo: Victoria vê Santiago Bueno e fica gamada, poderia se dizer que fica cega por aquele homem de voz rouca, que só fuma tabaco escuro. Victoria é uma mulher de emoções violentas e fugazes. Dizem que é muito, mas muito louca. Mas também poderia se dizer que é fatalmente apaixonadiça e ponto.

A garota se apresenta: olá, vim pelo anúncio. Que anúncio? Da vaga de secretária, falamos por telefone na sexta-feira, lembra? Ah, sim, senhorita Véliz, está um pouco atrasada. É Melis, senhor, não Véliz. Melis, muito bem, senhorita Melis, esta é a sua mesa. Naquela pasta tem a agenda de hoje. Até logo. E mais pontualidade, ok? Victoria executa suas tarefas de hoje, telefona para vinte e quatro clientes, atende trinta e nove ligações, se desconcentra pensando em como Santiago Bueno é atraente, toma um café com quatro colheradas de açúcar, segue a agenda de hoje, liga para oito clientes (um deles atende em inglês: ela desliga imediatamente), pensa nos malditos bebês do carrinho, em todos os malditos bebês, tenta se imaginar como mãe, ri da ideia estúpida, continua seguindo a agenda, atende uma ligação em inglês, *Hello, excuse me, it is a mistake, mister*, desliga o telefone, ouve a risada de Santiago Bueno do outro lado da parede, se desconcentra pensando nele, não consegue pensar em outra coisa, apaixonadiça que é, se aproxima da parede e ouve-o tossir, imagina aquela boca que tosse, fantasia, fica obcecada pelo gerente da Frangos Traiguén, pode vê-lo tossindo para ela, sacudindo-se ao pigarrear, salpicando-a com sua tosse elástica, olhando-a como se olha o que está prestes a ser devorado, tão perturbada, essa garota. Lá pelas sete, quando o homem sai de seu escritório, Victoria já tem o beijo pronto na boca. Estão sozinhos na recepção da empresa. O homem se surpreende, mas também se deixa beijar. É uma tarde ensolarada de outono em Santiago do Chile, e o empresário e a secretária passam as próximas horas num motel da rua República.

Ao final do expediente (quer dizer, da hábil demonstração sexual da garota, que incluiu cachorrinhos, frango-assados e *felatios*), o homem fuma seu tabaco escuro e fala com voz rouca. Victoria ouve-o em silêncio, muito atenta, porque não há nada que a excite mais do que ouvir um homem falando de si mesmo. Eu entro no hotel de Montevidéu e um cara me aborda na recepção, Bueno lembra em voz alta. Claramente me confundiu com outro, e então me pergunta se conheço Santiago Bueno. Para tirar onda, sei lá, eu digo que não, não conheço. Aí o cara começa a falar do Santiago Bueno, de mim, saca?, por uns bons vinte minutos. O mais simpático, escuta só, é que o cara não admirava meus frangos: admirava a mim, percebe que extraordinário? A garota, que não percebe o que isso tem de simpático nem de extraordinário, vai beijá-lo outra vez. Mas ele interrompe o movimento com cara de nojo e continua falando do cara que uma tarde em Montevidéu falou de Santiago Bueno para ele, justamente para ele, percebe que coisa mais perturbadora? Tirando suas palavras e um par de gemidos gozosos filtrados a cada tanto pelas paredes, o quarto da rua República é um lugar muito silencioso. Victoria acha que parece um templo. Antes de liberar o quarto, Santiago Bueno fala ao seu ouvido. Dê um trato no bicho, diz a ela. Victoria não pode conter a emoção e procede com esmero: feito uma puta de aluguel. Passa por sua cabeça, contudo, a imagem de um filhote de periquito.

A mulher supõe que dali em diante será só alegria. Mas está muito enganada. A cena da rua República se repete seis ou sete vezes e, numa manhã em que cinco frangos aparecem mortos em Traiguén — cinco frangos gordos, carnudos, entre as melhores aves da região —, Santiago chama Victoria ao seu escritório e a demite da empresa. Está demitida, diz. Por quê?, pergunta ela. Porque sim, argumenta ele. Isso não é motivo, reclama ela. Mas sua voz ainda não soa a reclamação, porque até aquele momento a garota pensa que é uma piada, que o amante está tirando onda com ela. Não tenho por que dar motivos à senhorita, o gerente abre caminho. Só então Victoria cai na real. E agora eu lhe pediria que..., murmura ele. Não chegou a terminar a frase quando a mulher já está em cima dele. E agora me chama de senhorita, *Chago*? E agora me dispensa? Mas o que é que você tem? Não tenho nada, senhorita Melis. A senhorita não é o que a empresa está buscando, só isso. Me faria o favor de fechar a porta quando sair? Porta é o caramba!, exclama a mulher, fora de si. Mas o homem tapa a boca dela com uma mãozada e diz algo em seu ouvido. Deve ser algo muito forte, porque a garota só consegue dizer, resmungando: Você é um baita filho da mãe. E vai embora.

A verdade é que Santiago nunca esteve apaixonado por Victoria. Na verdade, na verdade, Santiago nunca esteve apaixonado por ninguém. A garota retira suas coisas — um vasinho de flores, a foto de seu avô materno, alguns itens de papelaria, nada muito importante — e não volta mais ao escritório. Uma semana depois, se aproxima do telefone, que ela não queria nem olhar, e disca o número da Frangos Traiguén. Frangos Traiguén Limitada, *good morning*, ouve então: é uma voz feminina, esganiçada. Passa pro *Chago*, ordena Victoria. A nova secretária provavelmente pensa se tratar da esposa do chefe, do contrário nada explicaria comunicar a ligação ao gerente da empresa assim, sem aviso e em espanhol. O senhor tem uma chamada na linha um, *Dom* Santiago, anuncia. O homem mal disse alô quando ouve as lamúrias exaltadas de Victoria do outro lado da linha: Pretende que eu te esqueça assim, sem mais nem menos?, começa ela, tentando controlar uma raiva muito aguda. Esqueça-me se a senhora quiser, mas não me telefone mais. Ah, que fácil, protesta a garota. Quer dizer que acabou, tchau e benção, tenta ser irônica. Parece que a senhora entendeu, responde ele, secamente. Nem vem que não tem, ela ataca. As coisas não terminam assim, reclama. Sinto muito, insiste Santiago. E agora, se a senhora me permite... balbucia. Pelo menos me chame de você, pô!, a mulher perde a paciência. E entre os soluços típicos de um choro meloso, vai soltando frases dramáticas, talvez escutadas em alguma comédia. Frases como: Nada pode apagar você da minha vida. Ou, pior: Sou todinha sua. Santiago Bueno balança a cabeça com o gesto impassível dos pais diante de uma travessura do seu rebento. Aproxima a boca do aparelho e responde, com calma: Cala a boca, pirralha, para de falar merda. Desliga, e nesse instante ecoa na sala uma gargalhada rouca, orgulhosa: um som semelhante ao da rolha que pula de uma garrafa há muito tempo guardada.

Pouco depois desse telefonema, Victoria descobre que a Frangos Traiguén Ltda. abrirá uma sede em Kamakura, e que seu gerente se mudará para o Japão. A garota magoada — e dizem que muito, mas muito louca — andou colecionando todos os objetos que marcaram os dois últimos meses de sua vida e, ao ficar sabendo da viagem, não pensa duas vezes. Naquela mesma noite, abre o fecho de uma mala cor de café herdada de seu avô e a preenche com tudo o que encontra à mão. Faturas da empresa avícola, bitucas de tabaco, canhotos do motel da rua República, uma gravata esquecida por Santiago no escritório, várias canetas gastas, uma bic azul em bom estado, um bilhete de metrô vencido, contas de telefone, água e luz, cartas de reclamação ao diretor, um apontador de lápis, uma colherinha de café para curvar os cílios ou comer iogurte, recortes de notícias agrícolas de um jornal interiorano, sua carteira de motorista e um cinzeiro de cerâmica lascado no cantinho. Quando termina de fazer a mala, sente que caminha com a bússola torta. É como se tivesse estado conversando com todas as idades que teve nos últimos meses. Mas Victoria tem na época dezenove anos e está disposta a seguir Santiago Bueno até o mesmíssimo Japão.

E é exatamente isso o que ela faz. Victoria Melis está agora com sua maleta cor de café na rua Yuigahama, em Kamakura, muito perto da Capela do Calvário. Bem na sua frente, uma placa anuncia: 自動車お祓所. Victoria saca seu dicionário básico de espanhol-japonês/japonês-espanhol e, após um árduo exercício de tradução, consegue resolver o mistério: "Aqui se oferece serviço de purificar veículos novos", diz a placa. Ela pensa então que saber ou não japonês dá no mesmo. A garota veio a Kamakura com o contato de uma agência de emprego para estrangeiros, e está com sorte. No primeiro dia já é contratada como cuidadora de crianças na casa de uma argentina chamada Elsa Aránguiz. A mulher é viúva, esteve há mais de seis meses esperando uma empregada que falasse espanhol e acha que Victoria Melis é um anjo caído do céu. Ou talvez apenas um alívio — o que já é muito no Japão, com um paupérrimo domínio da língua local, um bebê de oito meses (Faustino Júnior), uma viuvez recente (um infarto de Faustino pai e tchau) e uma rotina que corresponde mais à inércia generalizada do que a um projeto sólido de vida. Desde o primeiro minuto, ao sair da agência de emprego, as mulheres entabulam uma espécie de amizade. Por que está aqui?, pergunta Elsa Aránguiz com o bebê no colo. Porque meu avô nasceu aqui, mente Victoria, juntando a boneca de porcelana que caiu no chão. Onde comprou?, pergunta, mudando de assunto. Comprou o quê? A boneca. Ah, a boneca é de Nara, responde a argentina. É bonito lá em Nara? Muito bonito, é lindo. Quer que eu segure o menino?, se oferece Victoria com gentileza. Não, ainda não... responde a patroa. E tu não herdou nenhum traço oriental, que sorte! Não pareço japonesa?, se atreve a insinuar Victoria. Bom, agora que tu diz, pode ser, mente desta vez a argentina. Ou talvez queira apenas quebrar o gelo do ambiente, criar uma relação amigável. Elsa simpatiza profundamente com a garota, a vê como uma sobrinha. Ou mesmo como uma filha. Gosta de criança?, pergunta. Adoro, senhora Elsa. Por favor, me chame só de Elsa. Só de Elsa, repete Victoria. As duas riem.

No início, as mulheres passam o dia inteiro falando em espanhol. O idioma local é de uma dificuldade suprema, uma coisa infinitamente estressante, e isso aproxima cada vez mais a dupla sul-americana. Elsa ensina Victoria a dirigir seu Suzuki, que é igual a qualquer carro japonês exportado ao Chile. Victoria é muito hábil como motorista e, enquanto dirige (na terceira aula, digamos), sem desviar do caminho indicado por Elsa, fala de seus pais mortos em um acidente ferroviário, de seu falso avô japonês, de seus estudos de secretariado e da ideia de viajar ao Japão para conhecer seus antepassados orientais. Não fala nada de Santiago Bueno, dos frangos de Traiguén nem de seu drama amoroso. Elsa, sentada no banco do passageiro com a criança no colo, lhe conta muito detalhadamente de sua chegada ao Oriente, do empenho de Faustino em instalar uma empresa de turismo em Kamakura, do parto natural de Faustino júnior (na água, sem anestesia, a mãe em posição vertical), da morte repentina de Faustino pai, da dificuldade emocional de retornar à Argentina, da estranha personalidade do bebê. Estranha por quê?, pergunta Victoria. Parece bastante normal, queria eu ter um assim. Tu quer um bebê? Não, digo se tivesse. O que ele tem de estranho, senhora?, insiste a garota, virando habilidosamente à direita a partir da faixa esquerda na rua Sakanoshita. Nada, nada, é só muito tranquilo. E, bem, a mulher tem razão. Basta olhar para ele. Tranquilo é pouco: qualquer um diria que aquela criatura contemplativa se eterniza numa dimensão zen.

Impossível sair da Terra

E assim passam as primeiras semanas. Quando Elsa sai às compras ou dorme ou não está por perto, Victoria aproveita para ler jornais ou ver televisão em busca de algum milagroso sinal, um rastro qualquer de Santiago Bueno e seus frangos em Kamakura. É obvio que fracassa em seus esforços: é muito pouco provável que o homem apareça assim, como quem anuncia geladeiras ecológicas numa tela ou em algum folheto publicitário. E, mesmo que aparecesse, Victoria se pergunta se seria capaz de distingui-lo entre tanto ideograma japonês. Às vezes, a garota acorda com lembranças muito frescas: o escritório de frangos em Santiago, o motel da rua República, as gargalhadas secas do homem tomando *pisco sour* e falando de si mesmo, os pedidos de última hora e seu desejo crônico (o dela). Então, tem vontade de sair à rua e interrogar as pessoas. A senhora conhece algum Santiago Bueno? Viu este homem por aqui? Comeu um frango do sul do Chile? Mas ela se aguenta, se controla. E, com o controle, vai perdendo o entusiasmo e a vitalidade iniciais.

Elsa Aránguiz começa a notar a garota estranha. Te vejo abatida, meio desanimada, diz a ela. E, sem esperar resposta, atribui seu comportamento à dificuldade idiomática e a inscreve em um curso de japonês. Mas antes toma uma decisão: não se fala mais espanhol nesta casa, determina. Do contrário, não vamos aprender nunca. E tu tem que sair pra rua, Vicky, não se aprende um idioma entre quatro paredes. Mas eu..., murmura Victoria. Nada de "mas", *guria*, estou tentando te ajudar. E é o que ela faz: contrata uma professora particular que vem em casa duas vezes por semana, e desse dia em diante os diálogos em espanhol se limitam ao mínimo. A garota estuda as lições, cuida de Faustino, coloca-o no Suzuki, leva-o à praia, a Enoshima, ao templo de Hachiman, continua estudando e se abanando no parque, olha o menino parado feito uma estátua, volta a estudar e se entedia soberanamente sob o sol de Kamakura. Se pelo menos você falasse, *neném*...

repreende Faustino. Vou ficar louca, louca. Diga alguma coisa, pirralho, ela implora. Mas o pirralho, muito zen, respira, dorme, deixa-se estar em seu carrinho japonês.

A garota compreende que seu retorno ao Chile é iminente. Mas a viagem não pode ter sido em vão, pensa. Então, decide escrever uma carta a Santiago Bueno e fazê-la chegar por meio de algum jornal local ou serviço de rastreamento ou, quem sabe, da embaixada do Chile. Melhor ainda: por meio da Agência Nacional de Polícia do Japão. Uma tarde, sentada com Faustino num banquinho em frente ao templo, estudando as mesmas lições de japonês básico de duas semanas atrás, tira da bolsa um caderno e uma caneta bic. Começa a escrever a carta. Você me saqueou, me sacaneou o tempo todo, escreve. E esta é a única coisa que pensa. Por um instante tem a ideia de escrever em japonês, mas só aprendeu uma frase romântica, e já esqueceu. Era algo como você é tudo para mim. Ou você está todinho em mim. E, mesmo que lembrasse a frase exata em japonês, seria um disparate dizer isso porque, sim, ele é tudo para ela, mas tudo também inclui o horror. A garota deixa a ponta da caneta sobre o papel, esperando a sagrada inspiração em sua língua natal. Inútil: nenhuma letra sai ao seu socorro. Me dá uma ideia, *neném*, fala para o menino. Mas o menino, sempre zen, nada.

Victoria volta para o carro com o bebê dormindo e o deposita em sua cadeirinha japonesa. Neste momento, quando já colocou o cinto de segurança e está ligando o motor do Suzuki, acontece o inesperado. O milagre, poderia se pensar, porque neste exato minuto Victoria vê a silhueta de Santiago Bueno diante dela. O homem saiu de uma casa de chá e agora atravessa a rua dando uma gargalhada rouca, e caminha sem pressa até o próximo semáforo. Não está sozinho: uma mulher, que Victoria imagina ser japonesa, o acompanha. Uma gueixa, pensa (embora não saiba se gueixas ainda existem). Isso é demais para a garota. Você me saqueou, me sacaneou, repete em sua cabeça perdida enquanto estaciona improvisadamente, apaga ou acende ou põe em ponto morto as luzes do carro, desce feito uma flecha, bate a porta e corre atrás do casal. Secretamente, segue-os uma quadra inteira. Vê os dois virarem uma ruazinha ladrilhada, cambaleando juntos ao caminhar, ele abraçando a japonesa pela cintura. No final da ruazinha, ela pode vê-los entrar num prédio com um letreiro de neon em japonês e em inglês: Yashiro Hotel. Ali, perdem-se de vista. Victoria se aproxima da porta do recinto e espera. Não sabe bem o que fazer. Não atina com nada. Se apoia num poste de madeira e assim, bem quieta, tenta imaginar o que acontece dentro de cada quarto do hotel. De repente, pela janela do terceiro andar, à esquerda, vê surgir a silhueta de uma mulher. É ela, claro que é ela. Victoria poderia jurar que é a mesma japonesa que acompanhava Santiago. Um homem, um homem que agora sim é cem por cento Santiago Bueno, se aproxima da mulher oriental e fecha bruscamente a cortina.

Victoria mantém os olhos fixos na janela iluminada. Mas parece que seus olhos estão um tanto cegos. Estão, na verdade, no passado. De repente, as imagens passam voando, como acontece, dizem, minutos antes de morrer. A mulher não sabe se é raiva, tristeza ou prenúncio de morte o que a invade. Em sua mente aparece o hotel da rua República. Santiago no hotel da rua República. Ela o vê de costas, de frente, em cima, dentro dela. Ouve-o falar, ouve sua gargalhada áspera. Santiago deve estar contando à gueixa ou à puta japonesa aquela história do cara do hotel de Montevidéu, o cara que falava de Santiago Bueno, que falava a ele, justamente a ele, dele mesmo, percebe que extraordinário, que simpático? Santiago deve estar amassando nesse instante aqueles peitos de boneca amarela, de boneca de porcelana. Dê um trato no bicho, japonesa. Dê um trato nele, a garota apaixonadiça se contorce nos ladrilhos nacarados da rua. Durante as quatro horas de espera, a luz ambarina da janela não perde seu brilho.

Já a garota parece se apagar em sua chama. Não há nada a fazer: ninguém vai sair nos próximos minutos daquele quarto de hotel oriental.

Victoria refaz o caminho em ritmo lento. Sua cabeça está zerada. Nem espanhol nem japonês nem patavina: zerada. Só quando chega ao Suzuki parece recuperar a capacidade de raciocinar. E o que pensa é o prelúdio do que ocorre na sequência. Então, lembra que deixou o bebê dentro do carro. A garota abre depressa e o vê ali: a cara de Faustino Júnior não exibe a essa hora da tarde a expressão zen de sempre. O menino está pálido. Mais do que pálido: branco, imóvel, duro. A mulher se dá conta do forno em que o Suzuki se transformou com a calefação no máximo. Não sabe como pode ter acontecido. Não pode acreditar, não pode ser verdade. Horrorizada, entende o que fez e volta correndo ao hotel Yashiro, deixando para trás o corpinho branco e zen de Faustino Júnior.

Entra sem olhar para ninguém, sobe os três andares pela escadaria de mármore e chega ao quarto da janela iluminada em tom ambarino. Você me saqueou, me sacaneou, diz para si numa reza enquanto bate na porta e espera firme, em posição de alerta. Alguém abre (a fúria a cegou e não lhe permite ver se é ela ou ele) e a garota irrompe no quarto. Santiago Bueno a olha desconcertado. Victoria quer matá-lo, está completamente louca. *Kanoyo wa kichigai*, dirão depois em Kamakura: muito, mas muito louca. No entanto, a japonesa não é nenhuma novata e se antecipa aos fatos: com uma violência inesperada, se lança sobre a garota e a derruba. Victoria tenta se defender, mas a japonesa tira de algum canto uma faca e a enterra no estômago da chilena. A garota desaba como um pato recém-caçado. Como um frango afetado pela epidemia de Traiguén. A cena é horrível, o sangue corre pelo quarto daquele hotel japonês. Não sabemos se a mulher que agora pega um quimono e começa a se vestir quis ou não matá-la, mas o fato é que Victoria não se mexe. Santiago Bueno se aproxima do corpo ensanguentado, a sacode, grita alguma coisa. Depois se dirige à japonesa, talvez uma prostituta muito precavida e não uma gueixa qualquer. Diz a ela: Que porra é essa que você fez? *Kimi wa hitogoroshi desu*, diz a ela. *Watashi wa hitogoroshi desu*, corrobora a japonesa, com a faca quente nas mãos. Suas palavras soam afônicas, a corda de um koto que arrebenta no meio de um concerto. Santiago, coisa mais esquisita, começa a chorar feito um bebê no ombro da japonesa.

Crime passional no Yashiro Hotel. Assim correm os fatos pela cidade. Mas a notícia que monopoliza as manchetes do dia é a do bebê morto por asfixia dentro de um veículo. E é curioso, porque, por algum equívoco do repórter, por desinformação ou simples erro, a imprensa atribui a Melis Victoria, imigrante de nacionalidade chilena, a maternidade do bebê de dez meses morto num Suzuki azul ano 2000, numa rua solitária de Kamakura, Japão.

Jokenpô

Que já chegassem fodidinhas. É o que o Orozco tinha pedido a elas uma semana antes, na entrevista. Pediu na verdade que chegassem "fodidinhas e comidinhas, por favor". Como se temesse que as novas funcionárias aparecessem com cara de esfomeadas, ávidas demais. Por medo, com certeza, que as gêmeas perdessem as estribeiras e lhe estragassem a noite.

Então foi isso o que elas fizeram.

Às três da tarde do sábado seguinte, cada uma se empenhou naquilo. Conversaram rapidamente: Você, o que prefere? E você? Como as duas preferiam a mesma coisa, tiraram no jokenpô. Rita botou tesoura e Sandra, papel. Como tesoura corta papel, Rita foi ao quarto do irmão e expôs a ele a questão. Que precisava dar uma rapidinha, antes das cinco, que por favor, que senão o Orozco. E que depois, se quisesse, ela serviria o café da tarde. Sandra assumiu seu papel cortado pela tesoura e foi pedir ao tio. Por favorzinho, tio, não seja malvadinho. Chamava de tio, mas era seu padrasto. Pegou-o de jeito no capô da caminhonete. Mandaram ver quase ao mesmo tempo que Rita e o irmão, a metros de distância, pouco antes das seis da tarde, com o céu pálido e vinte e dois graus de temperatura. Uns no quarto dos fundos, outros no quintal, escorados na caminhonete. As gêmeas provaram a sensação quase idêntica de ter se esvaziado, embora a rigor quem se esvaziou dentro delas foram os homens.

Então ali estavam elas: fodidinhas, quase prontas. Agora só faltava comer. Tinham tanta vontade de trabalhar para o Orozco. Se tudo corresse bem, seriam contratadas em tempo integral. Ele tinha prometido na entrevista: quando o negócio andasse com as próprias pernas, ai, ai, ai, elas iam ver só: de caixa passariam a garçonete, de garçonete a aventalzinho aberto, a cintura rebolando, um ou outro amasso e muita gorjeta, vocês não imaginam quanta gorjeta libera um homem aceso. Porque era disso que se tratava: manter o cliente a ponto de bala. Que chegassem sempre comidinhas, por favor, bem fodidinhas; para não cair em tentação. O futuro vem logo, podem apostar. Seriam bilionárias. Essa foi a palavra usada pelo Orozco para se referir ao futuro de Rita e Sandra no negócio que começariam naquela noite.

Então era isso o que as gêmeas esperavam: o futuro bilionário.

Tomaram o café da tarde com o padrasto, o irmão e a tia-avó, que chegou de última hora carregada de sacolas. O que traz aí?, perguntou o irmão. Trazia vestidos, aventais, macacões, blusas, calças, jaquetas de linho, cotelê e jeans dentro das sacolas plásticas. Um quilo e meio de roupa usada que ela havia pegado na feira; roupa suja mas boa, que os feirantes não vendiam e deixavam ali, largada. Sandra ficou com o avental verde; Rita, com o roxo-azulado. Agradeceram à tia-avó e vestiram os aventais ali mesmo. Era a primeira vez que a velha não perguntava o que elas tinham feito o dia inteiro. Talvez já estivesse cansada de ouvir a mesma coisa, pensaram as gêmeas.

Terminaram o café, disseram tchauzinho e saíram para a rua mexendo as cadeiras como um par de marionetes, o estômago cheio, como tinham pedido a elas, sem sinais de fraqueza. Iam com os aventais usados mas quase novos, prontas para debutar no trabalho do Orozco. Naquele sábado à tarde, as gêmeas estavam radiantes, com uma felicidade nova.

Mas a felicidade durou três quadras e meia. Na porta do local onde na semana anterior tinham sido entrevistadas pelo Orozco, no lugar onde serviriam bebidas, sandubas, chopes, pingas e o que mais o cliente pedisse, alguém tinha colado um cartaz: "Interditado". Letras vermelhas num fundo branco e nem uma única explicação. Ali estava, ali o viam: o futuro interditado para sempre. O sonho das gêmeas e da família inteira ceifado por onze letras. Bateram na janela, tocaram a campainha oito vezes, pensaram em jogar pedras — em quê, em quem? —, olharam os aventais que já não pareciam tão novos; notava-se a léguas que tinham sido usados e lavados um milhão de vezes. Ergueram os ombros como nos filmes quando a cena é triste. Sentaram na calçada a esperar. Uma hora e meia, e nada.

Fodidinhas e comidinhas, elas voltaram para casa.

A tia-avó, o padrasto e o irmão pareciam esperá-las. Na verdade, era como se tivessem estado esperando ali mesmo — sentados naquelas cadeiras antigas da copa, com as xícaras pela metade — desde o começo das civilizações. A princípio ninguém disse nada. Deram lugar para elas na mesa e soltaram um par de monossílabos órfãos. A tia-avó foi à cozinha, preparou ovos mexidos e tudo voltou à normalidade. Também não é pra tanto, era só um trabalhinho, disse o padrasto. E o diminutivo soou tão apiedado que a tia-avó se emocionou. Segurou suas mãos, deu um beijo na testa dele, agradeceu sua bondade. As gêmeas tiraram as roupas das sacolas e se vestiram com trajes destoantes, espalhafatosos, de outra época. Até a avó provou uma roupa alheia, um vestidinho cor de salmão. E as três, juntas, ensaiaram os passos de uma coreografia da tevê. Os homens riram como bestas, quase foram dançar com elas. Até que a tia-avó ficou séria e deu de perguntar pelas tarefas do dia. Todo mundo fugiu do assunto: que as tardes pareciam cada vez mais curtas, que ui, que a graxa da caminhonete, que os ovos na frigideira, que sei lá o quê. Pareciam um pouco excitados ainda.

Depois, cada um voltou a seus afazeres. Apesar de ser agosto, respirava-se um ar primaveral. As gêmeas pensaram nas palavras do Orozco da semana anterior, em suas frases. O futuro bilionário veio à mente delas. *Bilionário*. A palavra *bilionário* de repente parecia estranha. Como se correspondesse a outra língua, outra raça idiomática. *Billizas*[1], murmurou uma das irmãs. O quê?, disse a outra. E a primeira deu uma risadinha curta, que mais pareceu um espirro reprimido. Depois ficaram um tempo quietas, olhando as sacolas vazias, com as pilhas de roupa esparramadas pelo chão. Mas elas pareciam famintas, gulosas outra vez. Você, o que prefere?, perguntou Sandra. As duas preferiam o irmão, que era mais gostosinho, menos bruto. Então, tiraram no jokenpô. Rita botou pedra e Sandra, tesoura. Como pedra quebra tesoura, Rita se encarregou de novo do irmão, e Sandra voltou a trepar com o padrasto até que o Orozco virou coisa do passado.

---

[1] N. da T.: Neologismo que sugere um jogo sonoro entre mellizas (gêmeas em espanhol) e milionárias versus billizas e bilionárias.

Impossível sair da Terra

Ela mora com a irmã, vai fazer vinte anos e agora está morrendo. A princípio tem duas opções: deixar o cirurgião cortá-la e tentar consertar as coisas, ou não fazer nada. Se não fizer nada, o mais provável é que as células degenerativas a devorem calmamente na sala do hospital. Se deixar que o cirurgião a opere, também tem duas opções: ficar bem ou ficar mal. Cinquenta-cinquenta. Se ficar mal, tem outras duas possibilidades: virar um vegetal ou andar com um saquinho pra lá e pra cá, como quem leva o cachorro para passear e vai recolhendo as fezes. Só que nesse caso ela seria dono e cachorro simultaneamente, com o saquinho a tiracolo o tempo todo. Nada além de finais infelizes e demasiado reais para alguém como Julieta, irmã de Raquel, cansada de engolir essa aguinha doce que deixaram para ela na mesa de cabeceira. Cansada, sobretudo, da ladainha da própria irmã.

— Os japoneses vivem doze horas à nossa frente e isso por si só faz deles mais espertos — aposta Raquel, sentada no banco de visitas, abraçando a bolsinha, pronta para dar o fora do hospital.

Talvez porque precise se mudar a outro hemisfério, ou por ser uma maneira indireta de se lembrar do pai, a mulher é tão vidrada nos japoneses, e agora anuncia que estão restringindo o uso do ar-condicionado nas repartições públicas: vinte e seis graus de temperatura mínima no verão e vinte de máxima no inverno. O primeiro ministro do Japão, aliás, mandou os homens não usarem gravata nem terno no verão para evitar calores extras, jura Raquel. Julieta supõe que sua irmã esteja inventando história. Que importância tem a ela o que fazem com o frio ou o calor do outro lado do mundo? Ela nunca vai usar quimonos nem andar sem sapatos entre ladrilhos nacarados como talvez seu próprio pai na última turnê pelo Oriente. Nunca chegará nem perto do Japão. Julieta não fará vinte anos e sua irmã ficará sozinha como um galhinho de bambu.

— Pois que morrem de calor — corta por fim o palavrório.

— Quem? — se desconcentra Raquel.

— Os japoneses, oras!

A irmã saudável olha para a irmã doente, deitada naquela cama de lençóis hirtos como varetas, com vontade de dizer a ela: "Calma, irmã". Mas na verdade é ela, a saudável, que precisa de uma dose de calma naquela tarde. Raquel não é má pessoa: rói as unhas, espirra igual a um gato, anda o tempo todo agradecendo. Até quando a ignoram ela diz: "Oh, muito obrigada". Mas seu cérebro ferve com tanta facilidade que ela fala o que pensa sem filtros e nem percebe.

***

Duas noites atrás, receberam a ligação do hospital. O telefone nunca dava boas notícias. Cada uma levou um fone ao ouvido. Raquel no aparelho do quarto, Julieta na cozinha. "Quarta-feira, às quatro da tarde, tenho o centro cirúrgico disponível", informou o doutor Lemus. E, embora afirmasse que deixava a seu critério (ao de Julieta, que naturalmente não era o mesmo critério de Raquel), fez notar que se tratava de um assunto urgente. Disse, no plural:

— É urgente que tomem uma decisão — como que dissimulando o óbvio —, é caso de vida ou morte, senhoritas.

Mas a doente preferia qualquer coisa, morrer amanhã mesmo, do que acabar como planta ou cachorro. O cirurgião reiterou aquilo de cinquenta por cento de chances. E falou dos cuidados pós-operatórios e das prováveis sequelas e do risco de vida, baixo, mas real, que toda intervenção cirúrgica acarretava. E da decisão que no fim das contas era inteiramente sua, senhorita, aguardo seu contato. Nem bem desligaram o telefone, Raquel correu até sua irmã na cozinha e se viu repetindo as mesmas palavras do médico.

— Tem cinquenta por cento de chances de sucesso, por que não olhamos por esse lado? Por que não temos fé uma única vez? — reforçou o plural com algo que para Julieta soou a demagogia. Ela não só carecia de fé na medicina em geral e no doutor Lemus em particular, como também duvidava de milagres, de exceções, de pais e filhos e também de irmãos. Ao ouvir a voz do médico no telefone, já havia tomado a decisão: antes morta que entrar num centro cirúrgico.

Raquel, porém, continuava encorajando-a.

Julieta ignorou as súplicas da irmã e saiu de casa sem rumo definido. Eram nove e meia de uma segunda-feira do final de dezembro. Caminhou por ruas cheias de guirlandas de Natal. Passava das dez da noite quando topou com um coreto deserto. Imaginou que havia uma orquestra e que ela estava na plateia. Uma corda se rompia nas mãos do harpista. Ele olhava para os lados e ninguém o ajudava. Julieta também não o ajudava. Depois, foi caminhando de volta para casa.

Raquel a esperava acordada. Pior: acordada e com um punhado de soníferos na mão, prestes a levá-los à boca. O frasquinho vazio na mesa de cabeceira. Mas não havia copos nem jarras nem mesmo uma garrafa d'água. Ou seja, além de engolir os comprimidos, pretendia asfixiar-se. Ou então estava blefando. Assim como blefou sua própria mãe um monte de vezes até fazê-lo. Antes tinha sido o pai, mas não com pílulas. Estava em turnê com a banda e ensaiava as peças que interpretariam na cerimônia. O chefe da delegação local tinha lhe emprestado um koto, e já estava quase conseguindo domesticar o instrumento quando o projétil penetrou no recinto. Uma bala perdida, disseram os jornalistas, um acidente. Nunca foi possível provar o contrário: que teria sido uma bala orientada, algo mais que um tiro louco. A cerimônia de inauguração do campeonato mundial seguiu seu curso. A família foi avisada oficialmente dois dias depois. Uma ligação telefônica do mesmíssimo Japão. Trimmm e tchau. Tarde demais: a mãe e as filhas já tinham visto pela televisão, no noticiário das nove, pouco antes do documentário sobre o vigésimo aniversário da chegada do homem à Lua.

***

— Se você não se internar eu me mato — disse Raquel num tom muito agudo. Julieta achou que sua irmã miava.
— Morremos as duas, pronto — concluiu a doente.
Raquel abriu a palma da mão e deixou os comprimidos caírem no chão. Uma a uma, trinta pílulas brancas. Depois, se agarrou no braço da irmã feito um molusco e desandou a chorar.
Julieta acabou cedendo. No dia seguinte, ligariam para o médico e, no subsequente, se internaria no hospital. Mas foi só para acalmar o choramingo da irmã e afastar o fantasma da mãe, que cada vez aparecia com mais frequência para elas, fedendo a remédio vencido. E também o do pai que, debaixo da terra do Oriente, zumbia em suas cabeças. Mas a grande verdade é que Julieta andava desgostosa da vida. Após os episódios do pai e da mãe, tivera um cacto, um peixe azul de aquário e um sobrinho de segundo grau (filho de um primo). Considerava que havia superado a trágica orfandade: quase árvore, quase animal, quase filho: a cadeia natural, segundo os psicanalistas. Havia ticado os três itens principais de suas intermináveis listas e agora só tinha uma irmã chorosa e um tumor se espalhando lentamente por seu estômago. Nesse estado de coisas, morrer não era problema. O problema mesmo era como e quando.

***

Deviam ter sete e nove anos. Sete Julieta, nove Raquel. Na época, achavam que eram catalépticas. Não sabiam bem o que era catalepsia, mas tinham a sensação de que não estavam cem por cento vivas. O ar cessava de repente e as mandava para um lugar impreciso, que não era vida nem morte. O mais estranho não era a catalepsia em si, mas a coordenação cataléptica. Isto é, o acoplamento entre as irmãs: duas vivas-mortas ou mortas-vivas no mesmíssimo instante. Uma estava dormindo, a outra acordada, e se a primeira entrasse em fase cataléptica, como elas chamavam esse estado em que podiam escutar e até mesmo ver tudo, mas não emitir sons nem movimentos corporais, nessa fase de suspensão vital, de apagamento, a que estava aparentemente dormindo focava toda sua energia em mexer um dedo, um mero sinal na paralisia do corpo, de modo que a segunda pudesse sacudi-la a tempo e salvá-la do pesadelo. Costumavam dormir de mãos dadas.

Na noite em que viram o pai no noticiário — na verdade escutaram o anúncio do jornalista japonês —, elas experimentaram um dos sonhos melhor coordenados de suas vidas. Primeiro Raquel, depois Julieta. Com minutos de diferença, sonharam exatamente a mesma coisa: viram o pai com um traje espacial dando passos temerosos sobre uma Lua cheia de poeira. O homem trazia a harpa numa das mãos. De uma hora para outra, se sentava numa cratera e começava a tocar. Mas o sonho era sem som, de modo que o pai tocava como que a vácuo. As meninas não estavam dormindo nem acordadas de todo. Coordenadamente imóveis, ouviam a voz da mãe que chegava da copa. Parecia sair de um túnel, aquela voz falando sozinha. Ou, que falava com a janela ou mesmo com o pai ou, quem sabe, o além.

— Não fui eu — repetia, não fui eu.

***

Quando saíram de casa rumo ao hospital, naquela manhã, o sol era um disco macabro de tão vermelho. Parecia, assim pensaram as irmãs, que ia estourar sobre suas cabeças.

***

Agora Raquel deixou de lado o Japão, mas voltou com a história do ar-condicionado. Não aguenta o silêncio asséptico da sala onde está sua irmã. Sabe que se Julieta dormir não conseguirá acordá-la. Então, fala. Diz que o homem não foi feito para se esquentar e que o desrespeito à natureza e que o fim da civilização e que a humanidade explodindo em pedacinhos e que a hecatombe, doutor, boa tarde, estávamos lhe esperando. Com cara de anestesia, o doutor Lemus informa que a cirurgia será somente às seis da tarde. Ou seja, dentro de quatro horas. Vinte ou vinte e um graus, Julieta calcula que faz neste momento na ala de oncologia. Para que esquentar estes doentes, pensa, se daqui a pouco, horas, dias, com muita sorte meses, estarão debaixo da terra, mortos não de frio, mas de morte, mesmo. E por que ergue as sobrancelhas e gesticula em espiral e diz tudo isso que está dizendo e que duas noites atrás expôs resumidamente por telefone, esse homem de jaleco branco e cara não mais de anestesia e sim de pau, de paulada na cabeça? Para que tudo isso se Julieta não vai se salvar?

— Quer dizer que precisaria passar duas noites no hospital? — pergunta Raquel.

— Pelo menos — confirma o médico.

O homem olha para ela com uma expressão que Julieta não sabe se é de pena ou de chateação. O que elas achavam? — a doente pensa que o médico pensa —, que se operar era o quê? Não achavam nada. Simplesmente não imaginavam. Ninguém imagina que vai ganhar o jogo contra o cacto, o peixe, o sobrinho. A irmã mais velha pergunta uma ou outra questão técnica. Não dão a palavra à Julieta. Supõe-se que nessa etapa os doentes se entregam sem chiar. Entregam o fígado, a coluna, o estômago, a vontade, o que tiver que ser entregue, e se esquecem. Mas ela não: ela finge que esquece e deixa eles trabalharem. Prometeu ser internada, não enterrada na sala de cirurgia.

— Não trouxe roupa de cama? — se surpreende o médico.

— Achamos que davam aqui — responde Raquel, num plural solidário.

— Não — diz o homem. Julieta lê o que a negativa lacônica sugere: acharam que vinham passear, as princesas? Que era de brincadeirinha?

— A gente esqueceu — diz a doente.

Então o médico ordena (agora sim com cara de chateação) que Raquel vá buscar imediatamente os itens pessoais de sua irmã. Você tem duas horas para trazer camisola, roupão, pantufa, escova de dentes, alguma revista ou livro, o que for necessário.

— Oh, obrigada — a mulher se despede antes de sair da sala. — Muito obrigada.

***

Julieta está sozinha na sala do hospital. Sala doze, quarto andar. Fecha os olhos, procura um pensamento em sua mente bagunçada. Virar planta ou virar cachorro. Abre os olhos, se levanta. O doutor Lemus deixou um jaleco verde e uma touca de plástico em cima de uma cadeira. Ela fica em dúvida se os coloca ou não. Calcula que lhe traziam mais problemas do que vantagens, então deixa o uniforme de médico ali mesmo. Caminha com passos seguros até a porta. Olha para lá e para cá: deserto. Não falta quase nada para o Natal, nessa época todo mundo anda distraído. Os médicos, as enfermeiras, até os próprios doentes parecem vagar em outra dimensão. Bem em frente à porta um funcionário para com uma vassoura que, segundo Julieta, parece de bruxa ou de extraterrestre. O homem a cumprimenta com um movimento de cabeça. Julieta responde o gesto com excessiva cortesia. Como se dissesse: "Quanto tempo, senhor marciano". Ela o vê desaparecer pelo corredor e pega o caminho oposto. Julieta acredita conhecer a fundo o hospital pelos relatos de sua própria mãe. Tantas vezes contou a mesma coisa. Vinte e dois anos trabalhando como enfermeira. Chefa de equipe, inclusive, nos últimos dias. Até acontecer a história do pai, a turnê, a bala, a notícia na tela de repente embaçada pela superfície poeirenta da Lua. Depois a mãe deixou o hospital. Deveria ter entrado como paciente pela porta de emergência, mas não deu tempo. Porque engoliu os comprimidos de uma só vez em casa, na cama, com a luz apagada e a chave-tetra na porta, e babau.

Julieta sabe que os elevadores ficam na ala norte, bem onde termina o corredor da emergência. Caminha até lá. Em menos de dez segundos a boca do elevador se abre: está vazio. A mulher entra e aperta o botão número nove. As portas se fecham e começa a subir. Pronto, diz para si, mais dois minutos e tudo terá terminado. Fecha os olhos, tenta encontrar o pensamento que de novo não chega. Agora lhe vem à mente a mãe contando dos labirintos do hospital, do refeitório no porão, das salas de emergência e, por fim, do andar número nove: a grande esplanada com vista para a cidade. O precipício com suas fauces abertas. Mas não é isso o que Julieta vê ao sair do elevador, e sim um homem de macacão azul acompanhado de uma tropa de operários com maquinário pesado e as primeiras pistas do que, acaba de descobrir, seria o grande heliporto do hospital. O precipício poeirento, coberto de escombros que bem poderiam ser crateras, apinhado de operários com capacetes e luvas.

— É proibida a entrada na obra — interrompe-a o homem de macacão. Como não recebe resposta da mulher, insiste com uma variante: — Não é permitida a entrada de pacientes, está me ouvindo?

Se soubesse como ela está impaciente neste momento. Sua urgência em acabar de uma vez com tudo. Nem cachorro nem planta, como dizer isso a ele? Mas o homem insiste que ela deve se retirar, desculpe, senhora. Se soubesse o quanto ela quer se retirar. Se apenas compreendesse que ela não está mais completamente ali, que ouve além das palavras, que vê o que talvez seja um satélite ou uma estrela primeira pintada no céu, e imagina a cidade na superfície, a cidade em que não pisará mais, as guirlandas anunciando um feliz Natal para todos lá embaixo, e acima o céu como uma cidade de ponta cabeça com aqueles brilhos que talvez sejam pura ilusão. E Julieta tem a lembrança, que se apaga logo em seguida, dos homenzinhos fluorescentes, galácticos, na tela de tevê.

— Não está me ouvindo, senhora? — diz o homem que com toda certeza, pensa agora Julieta, comanda a obra. O homem que impede o final perfeito.

***

Raquel foi a primeira a vê-la morta. Bateu na porta cinco, dez, vinte vezes. Esperou. Voltou a bater. Então ela soube. Quebrou o vidro da janela, trepou e se enfiou no quarto da mãe. Estava esticada na cama com o frasco de comprimidos de um lado e um fiozinho de saliva ou de água ou de sabe-se lá que líquido corporal escorrendo pelo canto da boca. Raquel uniu os lábios dela — vai que entrassem formigas a devorá-la por dentro? Era a primeira vez que ela via um cadáver. O pai fora enviado em cinzas numa mala diplomática. Um cofre prateado com um escudo e uma bandeirinha com seu nome, a modo de troféu. Tinham visto até mesmo a harpa, a mala, a roupa, seu barbeador, um par de fotos instantâneas tiradas em Kamakura. Mas nunca o viram morto. Dois anos depois, a mãe tampouco deixou cartas nem mensagens nem explicações.

— Está com enxaqueca — Raquel mentiu à Julieta quando a viu chegar. — É melhor deixar ela dormir um pouco, você sabe.

As irmãs sabiam que a mulher tinha essas dores que quase explodiam sua cabeça. E não havia nada a fazer. Deixá-la dormir, nada mais. Então a deixaram dormir. Partir.

Mas antes foi aquele silêncio novo que Raquel não achava jeito de preencher. Sabia que Julieta sabia que estava escondendo algo dela. Primeiro começou a falar do pai, mas esse era um assunto que abria demasiadas janelas. Então as fechou e arriscou falar da Lua. Julieta dava colheradas num iogurte e a ouvia sem atinar com o significado exato das frases que saíam feito coágulos pela boca da mulher que era sua única irmã.

— Vou te dizer uma coisa — disse Raquel de repente, e esperou alguns segundos para lançar sua revelação. — O homem nunca chegou à Lua.

Raquel disse aquela tarde que a tecnologia do Apolo 11 era tão, mas tão primitiva, que era impossível sair da Terra; que o computador com que supostamente exploravam o espaço tinha menos memória do que uma máquina de lavar roupas. E outra coisa: por que não tinha estrelas nas fotos tiradas da Lua pelos tripulantes? Em princípio, disse Raquel que diziam os especialistas, o céu lá de cima era cristalino como a água, sem atmosfera, sem nuvens: então, onde estavam as estrelas? E, para completar: como é que a bandeira dos Estados Unidos tremulava, se na Lua não tinha vento? Era tudo uma fraude, garantiu a mulher que garantiam os cientistas do mundo inteiro: uma conspiração.

— O homem jamais saiu da Terra — arrematou Raquel. — Dá pra entender?

Julieta não soube o que responder. Pode ser que a irmã mais velha tivesse razão, pode ser que não. Para elas, pensou, o homem ter chegado ou não à Lua não mudava em nada suas vidas. Poder chegar ao Japão já era suficiente. Então ela se lembrou do iogurte que estava comendo e abriu a boca para receber a última colherada.

Passaram os minutos seguintes caladas. Até que Raquel não aguentou mais.

— Vou te dizer a verdade — disse. E foi o que fez: — Minha mãe está morta.

Mas *minha* mãe era também *sua* mãe, e Julieta disse:
— O que está dizendo? — e viu cair o potinho de iogurte no chão e correu pra ver sua mãe, minha mãe, a mulher que acabava de torná-las cem por cento órfãs.

***

A vida tinha corrido rápido demais para as irmãs. Primeiro o pai, depois a mãe, depois inércia. A vida como um tropeço. Seguiram coordenando a catalepsia e se acostumaram com os pesadelos bilaterais. E agora, sem ter sonhado com isso, entravam de emergência no hospital.

***

Julieta pensa que no oitavo andar talvez tenha janelas. O final quase perfeito. Como o cacto, o peixinho azul, o filho do primo. Ela desce a escada correndo, quatorze degraus. O que encontra é uma sala comum com quatro ou cinco janelas, nenhuma suficientemente ampla para aquilo. Além do mais, cheia de gente com cara de calamidade. Não só cara, pensa ela, são a própria calamidade. Devia era jogar todos pela janela. Outros quatorze degraus em direção à terra: sétimo andar. No corredor surge um homem com barba de Maomé, extremamente longa, que faz Julieta se lembrar de alguém. Não recorda quem. Boa tarde, boa tarde. Sexto andar. Entre, senhorita, lhe diz um sujeito de jaleco verde. Um paciente? Enfermeiro?
— Tem horário com quem?
— Com o doutor — diz Julieta.
— Que doutor?
— O doutor — insiste ela. E aponta para o estômago. — Tenho alguma coisa aqui dentro, sabe?
O homem continua perguntando que doutor ela procura, mas Julieta já está na escada de novo. Quinto andar. Pouca altura para se jogar, talvez tivesse que arranjar outro método.

Um banheiro, pendurar-se num cano do banheiro. Mas com o quê? Não está usando cinto nem cadarço nos sapatos. E, além do mais, os banheiros são minúsculos. Se ao menos tivesse uma banheira onde se afundar. Meros cubículos com canos. Quarto andar. Sua própria sala deserta. Gente esperando, corrimãos antigos, enferrujados de tanta mão doente, gente definhando nas macas, peles estriadas, a vida como um tecido fino demais. Terceiro andar, segundo, primeiro, zero. Degraus que conduzem a um porão com cheiro de purê. Ali mesmo, pensa Julieta, sua mãe comeu por tantos e tantos anos. Purê com salsicha, purê com salada, purê com purê. Talvez abrindo o gás do fogão do hospital. Mas como? Para isso é melhor voltar pra casa e fechar as janelas, vedar as portas, ligar o forno, esperar o gás levá-la embora, enfiar a cabeça. Planta ou cachorro? Julieta entende que sua própria aniquilação não depende dela. E, como se não estivesse prestes a cometer o que quer e não pode cometer, nota que seu estômago tampouco está de acordo e agora urra de fome. Não de dor nem por estar prestes a explodir: urra de fome, de fome, o infeliz. Vê passar uma bandeja com purê e não pode evitar.

— Me dá um pouquinho, por favor — se vê mendigando com uma bandeja plástica no refeitório do hospital, no porão ao invés do nono andar: purê em vez de penhasco.

— Com quê a senhora vai querer?

— Puro.

E o purê puro é o mais delicioso que já provou em seus dezenove anos de existência. Leva cada colherada à boca como se fosse a última comida do planeta. E talvez seja, ela pensa. O mesmo purê que sua mãe comia na hora do almoço. E se dá conta de que entrou na contagem das últimas vezes de tudo. A última vez que levo uma colherada à boca, a última vez que respiro este ar, a última lista sem terminar. Vinte e cinco graus, ela calcula que faz no refeitório do hospital às quatro e meia de uma das últimas tardes de dezembro em Santiago.

Julieta deixa o prato de lado e se senta na escadinha da entrada. Fecha os olhos. Quer dormir, mas não consegue. Quer suspender o ar e chegar àquele lugar cataléptico, impenetrável, que não é vida nem morte. Apoia a cabeça na parede e imagina que sonha. O mais lógico seria vislumbrar um cachorro ou uma planta, mas não. A mulher agora sonha, no porão do hospital, o que provavelmente sua irmã sonhará essa noite ou nas próximas noites sem ela. Sonha que é um peixe azul de cauda pálida e fabulosamente longa, uma cauda de metros, de quilômetros, com a qual se move como se voasse, como se não estivesse na água, mas no ar, e nada ou voa e atravessa uma lagoa ou uma galáxia e não chega, não chega nunca ao outro lado.

Are you ready?

Arrumar o quarto, beijá-lo na testa, apagar a luz, fechar a porta.

***

A mãe lhe disse que ia morrer. Que seu tio, seu único tio materno, agonizava do outro lado da cordilheira. Que ela não podia viajar, lhe disse, que, por favor, fosse acompanhar a família nos minutos finais do seu único irmão. Que a substituísse, a mãe lhe pediu enquanto apagava o terceiro cigarro da manhã. Estamos desaparecendo, lhe disse. E era verdade: a família estava sumindo, sumindo. A filha sentiu que essas palavras lhe atravessavam a pele.

***

Estar pronta, cruzar a cordilheira, substituir a mãe.

***

Seria sua segunda morte, pensou. A segunda pessoa que ela veria sem vida em toda sua vida. A primeira tinha sido sua avó, uma porção de anos atrás, na mesma latitude do tio. Naquele tempo ela ainda era uma menina e confundia as palavras. *Solstício* com *solcito* (não entendia que houvesse um dia exato a marcar o início do solzinho de verão, se o sol estava sempre ali nos meses de calor). Ou *súdito* com *hábito*. Ela tinha dois péssimos súditos: roía as unhas e detestava aviões. Embora o último fosse medo, mais do que outra coisa. Mas sua mãe tinha um súdito pior: fumava feito uma chaminé. O fato é que a menina e a mãe haviam cruzado a montanha para enterrar a avó. E se aproximaram do caixão e aquela foi sua primeira visão da morte. Pensou que já não tinha aquela cara rosada tipo vó, nem os lábios finos tipo invisíveis de que ela se lembrava do verão anterior. Era e já não era sua avó.

***

Chamam de *restos*, como se fossem as sobras de um pão esfarelado.

***

Mas agora a mãe não podia viajar. E a morte do tio doía nelas de outra forma. Alguém partir antes dos oitenta anos, antes de ser rigorosamente velho, era algo diferente. Avós naturalmente morrem, pensava a filha. Cachorros, vizinhos, parentes distantes morrem. Mas nem os irmãos nem os tios diretos nem os filhos nem os gatos deveriam morrer. E agora partia seu único tio, irmão da mãe, e a filha viajava para acompanhá-lo. E à prima-irmã da mesma idade que ela, à namorada da prima, à tia de setenta e poucos anos: a elas, teria de acompanhar agora a filha, em nome e corpo da mãe.

***

O tio vestia uma camisola de doente, daquelas verde-água, e estava na cama de um hospital público do interior. Um quarto de paredes pálidas como o semblante dos próprios pacientes, uma mesinha de cabeceira de fórmica, uma luz muito tênue, de lâmpada 25 watts, uma lixeira de plástico, chumaços de algodão por toda parte, garrafas d'água sem gás, uma cuia de chimarrão, biscoitos doces, uma cadeira, um ventilador de teto que mal ventilava. E na parede, bem em frente à cama, um televisor de poucas polegadas com um cadeado e um cartaz anunciando o preço pelo uso. Dezessete pesos a hora. A filha vinha do outro lado da cordilheira e não sabia quanto estava o câmbio da moeda nacional. Seria caro ou barato? Sempre se cobrava para usar o televisor nos hospitais públicos? De qualquer forma, ninguém queria assistir tevê.

***

Tu quer um chimarrão?, ofereceu a tia. Era sexta-feira, nove e meia da noite. No quarto também estavam a prima-irmã, a namorada da prima-irmã e uma amiga da família. Uma na cadeira, outra na beira da cama, outra de pé. Era uma família pequena, uma cidade pequenininha. Pela janela entravam sons de festa. Tumtch, tumtch, tumtch. O povo se divertia no interior. Também entrava a cantoria habitual das cigarras. As mulheres falavam em voz baixa, como se os ruídos externos não importassem, mas as palavras dentro do quarto pudessem penetrar no coma terminal do homem que morria ao lado delas. Cevaram o chimarrão, falaram das viagens de um lado e de outro da cordilheira, de outros tempos, da infância dos tios, do tempo em que os professores castigavam os alunos fazendo-os se ajoelharem no milho, da parentada italiana, do piemontês atropelado que o nono falava, do que significava viver separados por uma montanha, por um oceano. Ao fundo, a respiração do tio — o motor de uma máquina mal calibrada. Turbinas que não desligavam nunca, que se esmeravam em fazer companhia.

***

A filha olhava de soslaio aquela figura esquelética e ao mesmo tempo inchada, com a pele semelhante a uma bolsa d'água, os pômulos marcados como um desenho mal feito e a boca aberta. E pensava que aquele já não era seu tio. Não tinha nada a ver com a imagem do corpo inanimado de sua avó, anos atrás. O que ela via agora não era uma pessoa. Era uma mudança, uma evaporação, outra coisa. Supôs então que aquilo era morrer: apagar-se pouco a pouco, como um solzinho de outono.

***

Chamam de *corpos*. De uma hora para outra deixam de ser pessoas e passam a ser *corpos*.

***

Olhar suas pupilas, hesitar, pôr a mão num coração que já não bate. Chamar os enfermeiros, os seguranças de plantão, a recepcionista. Dizer a eles que pronto, acabou. Pedir uns minutos para se despedir, sentir que essa pausa e esse silêncio são gritos agudos, roer as unhas para matar o tempo, assinar documentos.

***

Não era uma boa hora nem um bom dia para trâmites funerários. Sexta-feira, onze e meia da noite. Tudo fechado no interior, menos as boates e um ou outro barzinho. Mas àquela altura do campeonato a tia já era quase amiga do coveiro: havia enterrado os avós, seu irmão, seus pais e agora era a vez de enterrar seu marido. Uma mulher com vasta experiência em mortes alheias. Telefonaram para o coveiro, conseguiram entrar na funerária. A filha-neta-sobrinha-prima-irmã nunca tinha entrado numa funerária. Um museu de caixões, pensou. Qual deles ela, a filha, preferiria para seu próprio enterro? Ah, ela gostaria de ser cremada, poupando-os assim da burocracia do caixão. Teria que deixá-lo por escrito ou dizê-lo a alguém. A decisão de súbito se tornava urgente: iria dizer, claro que sim. Sua mãe e os mais próximos que fossem sabendo desde já. Mas não era hora de pensar nela. Agora, ouvia, muda como outra morta, a discussão familiar. Preto ou marrom? Existem inclusive caixões com madeira entalhada e desenhos alegres, dizia a vendedora. De que cor o papai iria gostar mais?, perguntou a tia. Ele já não está, mãe, disse a prima-irmã. Como que não está? Que se sinta confortável!

Mas ele já não sente. Como você sabe se sente ou não? Divergiam em suas noções do além, supôs a filha. Vão brigar por causa de um caixão, pensou. Mas elas logo perceberam que a discussão era inútil. E optaram pelo caixão preto, sóbrio, tradicional. Pagaram em dinheiro, à vista.

***

Vesti-lo com um terno de que gostava, deixá-lo bonito, beijá-lo na testa.

***

Enquanto o ajeitavam na cama, a namorada da prima foi buscar uma roupa preta, apta para receber quem viesse se despedir. O velório seria dentro de poucas horas: sábado à tarde e parte da noite. Depois, o enterro: domingo de manhã. Não queriam prolongar as coisas, preferiam terminar tudo no final de semana. A namorada da prima-irmã chegou de preto. E trouxe uma roupa perfeitamente preta à prima, exceto por um detalhe. A camiseta tinha uma frase estampada em letras vermelhas que dizia *Are you ready?* Mas ninguém estava pronto, ninguém nunca estaria. Nem mesmo a sobrinha, que cruzara a cordilheira sabendo que ia ao que ia. E, no enterro de seu pai, a garota usou a camiseta do avesso: a marca virada para dentro, a pergunta para o peito.

***

Despedir-se dele, cumprimentar os parentes, fazer o caminho inverso, cruzar outra vez a cordilheira.

***

Quando voltava no avião, a filha pensou em como contaria à mãe. Que frases usaria, que pausas. Como lhe contaria o momento do último sopro, se o contaria ou não. Ela a havia substituído, emoções incluídas. Havia se lembrado da avó, havia sentido que a mãe, a filha, a avó e o tio eram parte de um mesmo osso. Havia sentido, talvez, o que a mãe teria sentido se tivesse estado lá. Os ruídos pré-históricos daquele homem, aquele silêncio rotundo, aquele corpo que de repente se transformou numa casca vazia. O que teria passado pela cabeça da mãe quando o caixão do tio se encontrou no cemitério com o da avó, madeira com madeira? A filha não soube responder à pergunta porque ela mesma não podia definir agora o que havia pensado antes, menos de vinte e quatro horas atrás. Olhou pela janelinha e teve a sensação de estar buscando algo no ar. O avião sacodia. E ela achou que a montanha, lá embaixo, se mostrava disposta a recebê-la com seu ventre aberto.

Gorilas no Congo

Romina tinha olhado para ele, isso era certo. Tinha olhado muito para ele da outra fila, no caixa do supermercado. Por fim, ela disse: "Prazer ver você". Depois corrigiu: "Prazer ver vocês, até loguinho". E saiu pra rua com seu carrinho semivazio. Ia mexendo as cadeiras como numa dança. Era assim, pelo menos, que Marietta a viu.

— Até loguinho — repetiu Samuel, meio abobado.
— O que significa isso? — falou Marietta.

Era a vez deles no caixa. O cliente anterior acabava de receber o troco da funcionária e agora deixava o espaço livre.

— O que significa o quê? — perguntou Samuel.
— Continuam se vendo?
— Aff! — suspirou o homem enquanto botava na esteira maçãs, laranjas, dois limões, alface e ervilhas. Primeiro as frutas e verduras, depois os lácteos, por último os enlatados. Era sempre igual.
— O que significa *até loguinho*? Diz pra mim.
— Uma saudação, ué.
— Tem alguma coisa pra me dizer? — Marietta o alfinetou.
— Não, por favor, frutas com frutas — indicou ao menino que começava a guardar as compras desordenadamente nas sacolas plásticas.
— E o papel higiênico, onde eu ponho? — perguntou o garoto.
— Com o detergente, sei lá... — hesitou Samuel.
— O papel vai com os guardanapos, por favor — interveio Marietta.

A funcionária parecia uma máquina programada. Passava o produto pelo código de barras, apertava o botão, olhava a tela, clic, passava o produto pelo código de barras, outro clic. Só faltavam o frango e os ovos para terminar a compra.

— Fala, estou te escutando — voltou a dizer Marietta. — Sou toda ouvidos.

— Não é hora disso, meu amor — se desculpou Samuel com o olhar fixo nas mãos do menino que nesse instante enfiava o frango numa sacola menor. Também parecia se desculpar com a funcionária.

— Agora você sente vergonha... Mas todo mundo percebeu como ela te olhava — e, dizendo à funcionária do caixa: — A senhora viu aquela mocinha, não viu?

A funcionária não respondeu. Marietta segurou a cabeça com as duas mãos. Apertou mais e mais. Como se, pressionando forte, pudesse deixar de ser ela mesma. O que queria dizer com esse gesto, que merda ela ia fazer agora — se perguntou Samuel. Quando é que Marietta iria entender?

— Quinze mil oitocentos e quarenta e oito pesos — informou a funcionária. Samuel abriu a carteira e tirou duas notas de dez mil pesos. A mulher apertou um botão e abriu a caixa registradora. Três fileiras de notas e o canto para as moedas. — Gostaria de doar dois pesinhos para a fundação Santa Esperança?

— Sim — disse Samuel.

— Não — interrompeu Marietta. Então, tirou as mãos da cabeça e voltou a ser a mesma pessoa.

— Sim — corrigiu ele, com cara de tacho.

— Não — repetiu ela. — Não queremos doar nada.

A funcionária devolveu os quatro mil cento e cinquenta e dois pesos. Obrigada por comprar com a gente, de nada, até logo, tchau. Samuel separou as moedas e deu-as ao garoto: cento e cinquenta e dois pesos.

— E além de tudo acha que resolve as coisas com moedinhas — reclamou Marietta.

— Até quando vai dizer essas bobagens? — soltou o homem.

Marietta pegou o carrinho e começou a empurrá-lo pelo corredor. Samuel ia atrás. Pararam em frente a uma banca com os jornais do dia. A manchete do vespertino informava que haviam encontrado cento e vinte e cinco mil gorilas no Congo. Aproximaram-se para ler a mesma notícia. Cento e vinte e cinco mil gorilas. Depois deixaram os jornais e seguiram caminhando com o carrinho até a porta. Antes de sair, se olharam. Pareciam arrependidos, culpados. Como que cansados de si mesmos.

— Diz pra mim se continua vendo ela, eu te imploro.

— Marietta... — Samuel se atreveu a murmurar, simplesmente.

Por sua cabeça, passou como um relâmpago a imagem de Marietta e Romina se atracando aos tapas. Duas mulheres feito animais selvagens: socos, chutes, cotoveladas, um empurrão preciso. Rosto sangrando, costela quebrada, ambulância.

— Jura que não tem nada pra me dizer?

Ele tinha: que da próxima vez não iria mentir a ela. Que da próxima vez teria coragem. Que sim, que toda semana via Romina, que sim, que continuava lhe dando uma pensão, que nunca deixaria de vê-la, mesmo se lhe dissessem que ela era uma *serial killer*. Mesmo se um dia ela cravasse uma faca neles na saída do supermercado. Que sim, que nunca ia deixar de vê-la porque era sua filha. Era isso o que ele diria a Marietta da próxima vez. Mas ainda não era a próxima vez. Por isso, aquela tarde, com o carrinho de supermercado entre os dois, Samuel mentiu.

— Juro, não nos vemos mais.

— Quer saber...? — hesitou Marietta. E não terminou a frase.

Segurou a cabeça com as duas mãos e fechou os olhos. O que ela queria dizer com esse gesto?, Samuel voltou a se perguntar. Tudo. Queria dizer que o que ela estava ruminando agora, que brotava sem controle em sua mente aberta, era apenas o fiapo desbotado de umas ideias obscuras demais para serem esparramadas assim, na porta do supermercado, diante daquele homem empurrando o carrinho de compras que de repente lhe parecia um completo desconhecido. Então a mulher baixou os braços, ajeitou o cabelo num coque e disse:

— Cuidado com as rodinhas.

Depois, assumiu ela mesma a direção.

O cheiro dos cravos

Tinha cerca de vinte anos, mas não aparentava mais do que dezesseis. Gómez, à primeira vista, não a achou bonita. Vejam só vocês: cicatriz no queixo, bochechas chupadas tipo caveira, cabelo preto desgrenhado, olhar perdido, como de alguém com miopia mas sem óculos, e um corpo pequenininho, de aspecto anoréxico. Gómez a conheceu — a viu, na verdade, naquele único dia — de maneira casual. Ele dirigia seu fusca pela Alameda, perto da Praça Itália, quando a menina atravessou na frente com a bicicleta. Se o homem não pisa no freio, a esmaga ali mesmo. Não está claro se foi a buzina do fusca ou os pneus patinando no asfalto ou o caos natural da cidade às seis e meia da tarde, mas de repente a cena se tornou ensurdecedora. A menina reagiu com agilidade e desviou a bicicleta para a lateral. Ali parou, tremendo, ofegando feito um cachorro. Gómez desligou o motor e estacionou uns metros adiante.

— Puto! — ouviu-a gritar enquanto descia do carro. Caminhou até a bicicleta e esclareceu que não era nenhum puto.

— Bruto! Eu disse bruto, não puto — especificou a menina, com o mesmo tom raivoso.

— Ah — esteve a ponto de rir, mas se conteve. — Admita que você também foi bastante bruta. Quase se jogou debaixo das rodas, não percebeu?

— Bruto, bruto... — ela o interrompeu, olhando-o com raiva.

Estava aturdida, abalada. Ele compreendeu que ela mal ouvia suas palavras.

— Quer tomar um café? Comer algo? — exagerou na gentileza.

A menina aceitou de má-vontade. Estava morta de fome, embora tentasse dissimular. Gómez foi com ela atar a bicicleta num poste. Teve tempo de observá-la enquanto manuseava o cadeado: não era bonita. Seus movimentos letárgicos e sua fragilidade, no entanto, causaram nele uma inexplicável ternura, e por um segundo Gómez desejou que o encontro durasse mais do que estava destinado a durar. Poderia ser seu pai. Fez as contas mentalmente e descartou a possibilidade. Teria que ter sido um pai muito precoce, disse para si.

Entraram no Frango de Ouro, um bar decadente no coração da Praça Itália. O tom amarelado das paredes evidenciava a cafonice do ambiente. O cardápio não oferecia mais do que café, chopes, sandubas e ovos. O garçom chegou para anotar o pedido. A menina pediu café, um copo d'água e três ovos fritos. Gómez, um chope.

— Come muito ovo, a senhorita? — tentou quebrar o gelo.

— Às vezes. Outra noite cheguei a comer onze — disse ela, mostrando a fachada de uns dentes diminutos.

— É daqui mesmo?

— Não.

— Trabalha por aqui?

— Aham — disse a menina, ríspida.

— Ei, desculpe pelo carro... Acho que você atravessou na minha frente, mas peço desculpas assim mesmo, porque nesse país ninguém respeita os pedestres. E os ciclistas menos ainda.

— Não sou ciclista.

— Mas estava de bicicleta.

— O senhor é alcoólatra?

— Não, por quê?

— Porque acaba de pedir um chope.

O garçom chegou com os pedidos e os depositou sobre a mesa com desleixo. Parecia mal-humorado.

— Qual é o seu nome?

— Libertad.

— Libertad? Por quê? — perguntou Gómez sem pensar.

— Como assim, por quê?

— Digo, por que te deram esse nome?
— Sei lá.
— Mas... você nasceu em que ano?
— Oitenta? — respondeu ela em tom de pergunta.
— Seus pais são de esquerda?
— Sim... — hesitou. — Não, não faço ideia. Por que está me perguntando isso?
— Porque se alguém chama uma filha de Libertad deve ser por algum motivo — explicou Gómez, convicto. — Não deve ser pela liberdade de mercado, né? — e riu da ideia. De repente se sentiu um idiota.

A garota não respondeu. Começou a devorar seus ovos e ele não pôde evitar um olhar de piedade, como quem olha um doente. Ficaram quietos um bom tempo. A cabeça de Gómez se encheu de ideias vagas e precipitadas sobre a vida dessa menina. Qualquer um podia notar que pensava nela com inquietação, como se tentasse memorizar seu perfil, seu jeito, seus gestos de adolescente. Teria ficado no mesmo estado, exatamente naquela posição, olhando-a comer sem dizer nada durante horas, mas a gritaria de um vendedor interrompeu a calma. O homem se aproximava das mesas mostrando uma cesta de vime com cravos brancos, tentando persuadir a clientela a comprar suas flores. Gómez achou que a menina sorria para o vendedor e logo viu que este a correspondia. Foi estranho o que sentiu: uma mistura de ciúme, inveja e tristeza. Chegou a imaginar que a garota lhe pertencia, que a conhecia desde a infância. Que a amava, quase.

— Compra um cravo, cavalheiro? — ouviu que falavam com ele. — Para sua filha.

E o vendedor apontou para Libertad.
— Ela não é minha filha — esclareceu Gómez.
— Para sua namorada, então.
— Ele não é meu namorado — a menina interveio.

— Bom, para perfumar a casa — se intrometeu o vendedor, sem tirar os olhos da menina.

— Deixa eu sentir o cheiro — disse Gómez, aproximando o nariz do cesto.

— Isso não pode! — o homem o interrompeu. — Vai comprar ou não vai?

— Como é que vou comprar um cravo sem sentir o cheiro? Eu também sou vendedor, sabe? Vendo livros. E deixo os clientes folhearem os livros antes de comprar.

— Cavalheiro, cravos têm cheiro de cravos e ponto final — o vendedor encerrou o diálogo e se afastou da mesa.

Agora sim Gómez teve certeza que Libertad sorria para o florista. O sujeito saiu do Frango de Ouro e ele ficou lá com a garota e a dúvida.

— Conhece ele? — interrogou-a.

— Ele quem?

— O vendedor.

— O senhor faz perguntas demais. Não ando por aí contando minha vida para desconhecidos.

— Desculpe, apenas perguntei se conhecia o vendedor de flores.

— E eu apenas disse que o senhor faz perguntas demais — a menina tomou o copo d'água sem pressa, até o fim. — Não sei o que quer comigo.

— Está insinuando que eu...?

— Não estou insinuando nada, tá?

— Escute, Libertad. Não pretendia me meter na sua vida. Se te convidei para tomar um café foi para acalmar seus nervos depois do susto que levou com a bicicleta, mais nada.

— Muito obrigada, meu senhor, mas eu sei cuidar dos meus nervos sozinha — fez uma pausa antes de encerrar a conversa. — Agora preciso ir embora.

— Agora precisa ir embora — repetiu o homem, abobalhado. Mais uma vez, não pensava antes de falar.

A menina limpou a boca com um guardanapo, disse obrigada e se levantou da mesa. Gómez a viu se afastar com aquele movimento preguiçoso que lhe pareceu tão íntimo. Seus olhos continuaram fixos nela por alguns minutos. Olhou-a caminhar pelo corredor, balançando levemente o quadril, e parar em seguida na porta para amarrar o cadarço do tênis. Outra vez Gómez foi acometido daquela inexplicável ternura. Quis que ela fosse sua filha, sua irmã, sua amiga. Quem estamos enganando? Quis que fosse sua amante. Quis tê-la por perto, aquela garota o deixara enfeitiçado. Levantou-se, pagou a conta no caixa e saiu atrás dela.

Ali estava agora, parada em frente a uma banca de jornal. Pouco depois, apareceu o homem dos cravos. Cumprimentaram-se com um beijo no rosto e, ato contínuo, o vendedor pegou-a pelo braço e a levou até a esquina. Gómez caminhou atrás deles cuidando para não ser descoberto. Talvez ela seja uma prostituta e ele seu cafetão, pensou. Seguiu-os por alguns metros. A duas quadras do bar, se encontraram com um segundo homem, um magricelo com a barba por fazer que Gómez julgou suspeito, para dizer o mínimo. São bandidos, disse para si. Depois de um tempo, achou que os homens discutiam. De que diabos podiam estar falando? Os sujeitos gesticulavam, se agitavam, pode ser que se insultassem. Libertad olhava-os atenta. Cada vez que intervinha na conversa, os homens a mandavam ficar quieta de modo agressivo. A cena se estendeu por alguns instantes sem variações: os caras a silenciavam, ela insistia, os caras se irritavam, e assim por diante. É possível que a menina desobedecesse a alguma ordem, isso não se sabe, mas de repente o vendedor de cravos ergueu a mão e deu um tapa na cara dela. Libertad gritou e então o outro, o suspeito, ameaçou-a com uma faca.

Vai matá-la, pensou Gómez. Considerou a possibilidade de sair para defendê-la, mas o fio da navalha o acovardou. Saiu de seu esconderijo em silêncio e correu para a Praça Itália.

Alguém tem que fazer alguma coisa, pensou, mas não parou até chegar ao carro. Sentiu-se cansado, lamentou que os anos e o cigarro e o álcool já estivessem lhe passando recibo. Entrou no fusca, deu a partida e aos poucos sua cabeça foi se enchendo de imagens mais precisas até ser tomada pela fisionomia de Libertad, a garota que não era bonita, sendo agredida por aqueles bandidos, em perigo. Gómez dirigiu feito doido até o lugar onde os tinha visto. Chegando lá, viu a menina no chão: um dos homens a imobilizava enquanto o outro conferia o cesto com os cravos. Gómez se lembrou da cena de horas atrás: a bicicleta, a menina, a freada, o susto de tê-la atropelado. Era isso o que devia fazer. Pisou fundo no acelerador e foi direto com o carro para cima dos bandidos. Mas os homens reagiram a tempo. Passaram velozes diante dele, duas balas voando, e se embrenharam no parque. Do nada, um terceiro homem saiu detrás deles. Um sujeito bem vestido, desatento, que não viu o fusca, que não viu nada, que simplesmente cruzou a rua como um pedestre qualquer. Da calçada, a menina gritou. Bruto. Desta vez, sim, foi muito bruto. Mas o grito chegava tarde. Havia jogado longe o pedestre. Fizera-o voar alguns metros e aterrissar do outro lado da rua.

Gómez sentiu que o mundo desabava. Só conseguiu avistar Libertad fugindo pelos labirintos noturnos do parque. Não soube se o que mais o magoava era a fuga da menina ou o sujeito abatido ali, ao lado dele. Por sua mente desfilava agora o esboço de um drama: sua glória e sua queda num só ato. E, repentinamente, como um ponto no teatro soprando as falas, a voz de Libertad se infiltrou em seus pensamentos: o senhor faz perguntas demais, não ando por aí contando minha vida para desconhecidos. Ele ergueu a voz para protestar: se tivesse me contado sua vida, talvez teria se poupado da humilhação desses bandidos. Se tivesse confiado em mim, Libertad, eu a teria defendido. Poderia passar o resto da tarde ou da vida dando lição de moral nela, mas a cordura que ainda não havia perdido o fez perceber a inutilidade de seus pensamentos. Era evidente que Libertad tinha fugido e que ele, Gómez, não devia se empenhar em reivindicá-la, em bisbilhotar os detalhes espinhosos de sua vida, e sim em atender o pedestre que jazia no chão, atropelado por seu Volkswagen. No asfalto, o homem começava a se levantar.

— O que está fazendo? — gritou ao descer do carro. Partiu para cima do pedestre e falou com fúria, com a urgência de pai precoce que ele teria empregado com Libertad. — Nem pense em se mexer. Respire fundo, não se altere. Vou chamar uma ambulância.

O homem olhou para ele desconcertado. Parecia um extraterrestre recém-depositado na Terra.

— O que houve exatamente? Me atropelaram?

— Eu atropelei você. Sim, fui eu. Mas vou responder. Não sou nenhum cretino.

— Estou me sentindo bem — disse o pedestre. — Só não me lembro de nada. Eu vinha... — hesitou, sacudindo a roupa. — De onde eu vinha? Ah, sim, do metrô. Ou ia para o metrô? De onde será que eu vinha a essa hora? Que horas são, senhor?

— É melhor você não falar. Fique aí. Vou chamar uma ambulância. Não demoro, prometo. Você tem celular?

— Telefone celular? — murmurou o pedestre com estranheza, como se tivessem lhe perguntado onde comer moqueca de poodle.

Assim estavam quando um taxista estacionou ao lado deles e perguntou o que tinha acontecido. Gómez balbuciou algo incompreensível. O taxista foi de uma gentileza poucas vezes vista: de seu celular, chamou a ambulância e desceu do carro para ajudar o pedestre. Tomou seu pulso, examinou detalhadamente seus globos oculares e o ajudou a lembrar os fatos e recompor o acidente gradualmente em sua cabeça. Gómez olhava a cena de fora, já não fazia parte dela. Tinha se transformado num pedestre qualquer, no pedestre atropelado diante dele, em alguém completamente alheio a si mesmo e à responsabilidade de seus atos. Sentiu roçar o sopro de um medo minúsculo, uma espécie de temor ancestral. Mas foi apenas um flash, porque de repente uma imagem branca o fez perder a vista.

Nem mesmo o barulho da sirene o arrancou daquele estado. Quando chegou a ambulância, o taxista e o pedestre conversavam quase normalmente, mas Gómez continuava longe, em outro mundo. Em algum momento percebeu que alguém anotava seus dados. David Nibaldo Gómez Sepúlveda, ouviu-se dizer. Ocorreu-lhe de repente que alguém comandava suas palavras. Alguém que era e não era ele: 8.109.157-3. Rua Amapolas, 5320, Ñuñoa. Vendedor, trinta e cinco anos, solteiro. Gómez quis dizer mais alguma coisa, perguntar pela menina, saber o que havia acontecido com a bicicleta atada no poste, checar se os bandidos eram seus cafetões ou seus cúmplices, se Libertad estava em perigo ou se gostava daquela intimidade com desconhecidos. Mas mal piscou e já acomodavam o pedestre numa maca para colocá-lo na ambulância. De seu assento, prestes a partir, o taxista falou em tom autoritário.

— Não saia daqui, senhor! — ordenou. — A polícia vai chegar a qualquer minuto. Tem que prestar depoimento...

As palavras do homem foram abafadas pelo som da sirene se perdendo na direção oeste.

Estava sozinho outra vez. Não sabia o que fazer: se esperava a chegada da polícia ou se fugia também, como a dupla de meliantes, como a ambulância, como o taxista, como Libertad. Olhou em volta e notou a cesta de cravos brancos, abandonada no meio da rua. Caminhou com passos vacilantes até as flores. Juntou-as, sentou-se na calçada. Teve a sensação de recuperar a clareza. Tirou do fundo falso do cesto um dos oito saquinhos selados e os abriu. Por curiosidade. Viu como o pó caía da embalagem e se esparramava em suas pernas.

Sempre foi meio desastrado, fazer o quê? Sacodiu a calça com as mãos e se acomodou novamente na calçada. Enquanto a penumbra ia apagando os contornos do parque, pôs-se a esperar, e então se lembrou com total nitidez da garota que não era bonita, que comia ovos, que podia ser sua filha se ele tivesse sido um pai precoce, que podia ter sido sua amante, que o havia enfeitiçado aquela tarde.

Ficou assim vários minutos, vejam só vocês: solitário, cabisbaixo, pensando na menina que deixara escapar. Até que, ao ouvir o rumor da sirene se aproximando, como que imantada por ele até a Praça Itália, levou uma flor ao nariz. E, sim, o vendedor tinha razão: aqueles cravos cheiravam igual a todos os cravos.

Ponteiros de relógio

Uma mãe é um retrato na parede de uma casa; um primeiro plano de família feliz. Uma mãe é um relógio, diz um pai. Não sabem quão perniciosamente belo é um pai. Hoje, levará uma filha ao porto. Será um Natal diferente. Caminharão pelo cais até a pracinha da Aduana e nem ligarão se a brisa congelar seus ossos. Ao longe, verão o fulgor dos incêndios e é provável que até do fogo achem graça. Quando uma filha pedir para jantar num bar de marinheiro, um pai lhe explicará que isso, bar de marinheiro, não existe mais. Que marinheiros não existem mais. A princípio suas palavras soarão mentirosas, mas depois uma filha esquecerá toda desconfiança e se entregará às lorotas, fofocas, piadas, causos, porque será apenas uma filha de um pai. Juntos, caminharão pelos labirintos do porto. Parecerão despreocupados, atrasados, sem ponteiros de relógio. Haverá guirlandas penduradas nos postes de luz e letreiros anunciando um feliz Natal a todos. Antes da meia-noite, entrarão num bar de paredes verdes cobertas de fuligem e chão de tábua. Uma espécie de galpão gigante. Não haverá nem sinal de marinheiros, mas a bruma entrará pela escotilha trazendo ecos do último naufrágio. Nos fundos, uma filha avistará um pinheiro com pacotes de presente. Parecerá mentira. Sentados no balcão, em frente ao espelho embaçado cobrindo a parede de um canto a outro, pedirão ao barman duas taças de champanhe. Estarão sozinhos: isso e nada mais será a felicidade. Um pai girará entre os dedos uma bolinha de pão, que jogará na bochecha esquerda de uma filha distraída. Então uma filha se aproximará rindo e abraçará um pai como se abraça um amigo. Ou um amante.

E brindarão por essa felicidade, por um gritinho, por seus poros nesta noite. Uma filha tomará a primeira taça de sua vida, estará tão, mas tão feliz. Estará ficando bêbada. Desejará outra taça, mas já não haverá barman nem bruma nem bares. Foi só uma taça, tentará dizer a uma mãe, mas os ponteiros de relógio espetarão sua boca. O cheiro do peru com ameixas se espalhará pela casa: uma filha saberá que é quase meia-noite. Uma mãe se impacientará e seus cotovelos se enrugarão de tanto esperar um pai perniciosamente belo. Uma filha desejará ver uma mãe incrustada num retrato de família feliz ao invés de tê-la ali, com suas carnes de carne e osso. Foi só uma taça, ela resmungará muda, só um champagne. Apenas um brinde à perniciosa beleza.

Ninguém nunca se acostuma

Jani quer pensar que a cachorra vai estar bem. Que, se o seu pai diz, Daisy vai estar bem. São só uns dias, o que poderia acontecer com ela?, disse o pai. A vizinha vai lhe dar comida, vai levá-la à praça. Diga tchau para ela e me ajude com as malas. Jani se despede da cachorra, me dá a patinha, e entra com o pai na Citroneta. Pela primeira vez viajam juntos, sozinhos. É madrugada, dezembro de 1975. O céu é uma teia azul quando o pai e a filha seguem pela Panamericana Norte em direção a Los Andes, depois Los Caracoles e o Cristo Redentor e San Luis e o pampa demasiado quieto e de repente alguma debandada de pássaros e bem no final Campana, o vilarejo onde seus pais viveram até se mudarem para o Chile. Esse lugar com cheiro de borracha onde ainda hoje continua vivendo a irmã caçula de sua mãe, tia Bettina. E não apenas vivendo, como trazendo ao mundo uma criatura que é a primeira e única prima de Jani, um evento e tanto. Por isso, pai e filha viajam em dezembro, com pressa, uma semana no máximo. E também porque na volta Jani irá com Milena, sua mãe, para o sul. A sós ao sul. Ah, mas seu pai lhe pediu que por favor, filha, não fale dela em Campana.

E Jani não fala, mas lembra.

Lembra, por exemplo, a última coisa que a ouviu dizer: Já, já, meu tesouro. Isso foi há três semanas, se não estiver enganada, quando foram à sorveteria do centro. Jani tinha feito trancinhas no cabelo; vinte e oito trancinhas amarradas nas pontas com fios de sisal porque sua mãe gostava muito desse penteado. Lembra também que antes de pagar o sorvete sua mãe se aproximou de um barbudo na fila. E, apesar de ele não a reconhecer, ela insistiu em cumprimentá-lo. O homem foi um tanto grosseiro. O que fazia ali com ela, grunhiu, e se o Guillermo ficasse sabendo? Que diabos ela fazia ali com a menina?, continuou ele, dando chilique. Ficou louca, Milena? Mas sua mãe não estava louca, não que ela soubesse. Além do mais, o pai não tinha como ficar sabendo. O louco aqui é você, atinou em responder Milena, muito tranquila, enquanto voltava à sua posição na fila com Jani. Depois pegou a menina pelo braço e foram embora da sorveteria para sempre. Logo depois já estavam se despedindo. Jani lembra muito bem o nariz pontudo de sua mãe na porta da casa que há algumas semanas deixara de ser sua casa e que agora era apenas a casa de seu pai. Quando você vem dormir?, perguntou a menina. Já, já, meu tesouro.

***

Demasiadas horas dentro da Citroneta branca com sanduíches de queijo e salame, água num cantil e janelinhas pequenas, porém suficientes para ver como as nuvens vão ficando gordas e esponjosas à medida que se distanciam do Chile. O pai acomodou várias almofadas no piso do banco traseiro para montar uma espécie de cama de casal, e é ali que Jani viaja. Imagina que está de lua de mel, mas com quem? Vai beliscando biscoitos, cantarolando músicas do rádio e contando cachorros. Faz seis meses que os conta. Desde que Milena chegou com a cachorrinha e perguntou quantos cachorros assim, preto e branco, ela tinha visto na vida. Jani perguntou se ela ficaria para dormir, e a mulher disse aposto que você nunca viu um cachorrinho assim. Que nome vamos dar? E então compraram uma medalha de bronze onde gravaram o nome Daisy com uma letra manuscrita cheia de floreios. Neste exato minuto, Jani decidiu que iria contá-los. Agora já tem quatrocentos e quarenta e dois cachorros se considerar também o pastor alemão dos guardas na fronteira, que param o carro com apitos marciais e pedem documentos e farejam sem achar o que estão procurando. O cachorro exibe caninos radiantes, uma dentadura de luxo, mas os guardas não têm escolha senão deixá-los partir. O pastor alemão continua exibindo suas gengivas rosadas como se fora contratado para vender pastas de dentes, até que por fim se funde com a paisagem.

***

No dia seguinte, quando entram na província de Buenos Aires, param num supermercado para fazer compras para o passeio que farão com a tia Bettina e a priminha a Mar del Plata. Doce de leite, biscoitos, arroz, café, chá, latas disso e daquilo, verduras, um frango. Quando saem do supermercado, Jani avista três cachorros na entrada e dois na calçada da frente. Quatrocentos e cinquenta e oito. O pai pede a ela que o acompanhe a telefonar. Na cabine, coloca uma moeda e diz oi, já estamos em Buenos Aires. E diz que sim, que não, que sim. Depois desliga. Entram no carro, partem. Pegam a estrada para o interior. Quatrocentos e cinquenta e nove, quatrocentos e sessenta, sessenta, sessenta. Cada vez há menos cachorros. Na bifurcação para Campana já não se vê nenhum. Jani pensa que a raça canina foi extinta desta região.

***

A última vez que esteve em Campana foi há seis anos, quando vieram com Milena. Muito antes da contagem de cães. Bettina tinha recém-enviuvado do tio Agustín e na casa se respirava um luto que por vezes parecia mais alívio do que tristeza. Naquela época, todo mundo falava da chegada do homem à Lua, Jani lembra vagamente. Mas agora estas ruas não lhe dizem nada. Seu pai voltou algumas vezes depois, sozinho. Tinha que dar apoio à tia Bettina, dizia. Milena, por sua vez, jurava que sua irmã caçula tinha meios de sobra para se virar durante o luto. *Se virar*, sua mãe usava essa expressão com frequência. Jani pensa que seu pai conhece a vila até do avesso. Depois de uma longa volta por ruazinhas sinuosas, estaciona a Citroneta em frente a uma laranjeira. A tia Bettina os observa atrás das grades do portão com ansiedade, como se estivesse presa e finalmente recebesse visita dos únicos parentes autorizados. A menina olha as frutas (mais verdes do que laranjas) que caíram da árvore e explodiram no chão.

Bettina sai de sua cela.

O pai desce da Citroneta.

Jani tem a sensação de já ter vivido essa cena antes, mas não consegue ver o quadro completo porque de repente o olhar da tia Bettina é uma adaga prestes a esfaqueá-la. Incrível como a guria cresceu, diz. Parece uma moça, diz, uma moça *feita*. Que idade já tem? Jani já tem doze, mas aparenta quatorze ou quinze. Faz e desfaz trancinhas uma vez por semana para deixar o cabelo frisado. Gosta de aparentar mais idade. Agora está com o cabelo solto, frisadíssimo.

— Doze.

— Parece que tem vinte — diz para o cunhado, como se Jani fosse um amuleto e eles a olhassem esperançosos.

— Milena mandou lembranças — mente Jani.

O pai olha para ela com cara de você me traiu. Tia Bettina não responde. Mas a frase da menina não é uma pergunta, de modo que ninguém tem por que responder. Bettina veste o papel de anfitriã e sintam-se em casa, meus queridos, deixei duas toalhas no banheiro, acomodem-se enquanto preparo o chimarrão e os doces antes que a neném acorde.

***

A neném.

***

Jani sai para caminhar. Pensa que não vai poder continuar a contagem, que tudo se acabou. Três quadras e nem um mísero cachorro. Volta pela calçada da frente, e nada. Entra na casa pela porta de trás. Seu pai e a tia Bettina continuam tomando chimarrão na cozinha. Jani está morrendo de sono, mas não vai baixar a guarda. Não vai imitar a outra, dormindo feito um paxá. Do corredor escuta sons que talvez sejam pigarros. Ou serão espirros? Jani se aproxima. Nem pigarros nem espirros, mas risadinhas entrecortadas da tia Bettina, que agora diz: bah, Guille, numa dessas... E não termina de falar porque Jani entrou na cozinha, sentou-se nas pernas de seu pai e, enquanto ceva um chimarrão amarguíssimo, reclama da falta de cachorros. Claro que há cachorros, Bettina contra-argumenta. Acontece que eles dormem a sesta como todo mundo.

***

Onde diz todo mundo, deve dizer a neném.

***

É um bebê como qualquer outro: um bebê vermelho, enrugado, tão coisinha de nada, ainda. O que tem é cabelo. Umas penugens pretas e grossas plantadas num coco roliço. A criatura mostra suas gengivas minúsculas numa coisa ambígua que não chega a ser um sorriso. Oi, menininha, o pai cumprimenta. Fala feito besta, Jani pensa enquanto sorve com força o chimarrão. Não ouve ou finge que não ouve as palavras bestas que pronuncia: É o Guillerminho, lembra de mim? Tampouco ouve a reação de Bettina: Como tu é bobo. Jani só ouve a risada que vem em seguida e a explosão de um choro assustador.

O jeito da tia acalmar a neném lhe traz a imagem de sua mãe. De Milena em Campana acalmando-a de alguma birra. Jani era muito pequena na época e todos falavam do homem na Lua e dos trajes espaciais, mas também falavam na surdina de outros assuntos que Jani na época não entendia — ora, o que ela podia entender das brigas familiares? Bettina interrompe Jani em sua distração para pedir que dê oi à menina. Jani descobre que o nariz da criatura (que já não chora) é idêntico, mas idêntico ao de sua mãe. De Milena, que afinal de contas é tia da neném — como seu pai não notou isso? Então, estica a mão até os fiapos pretos-grossos-espetados da bebê e acaricia essa cabeça minúscula com o dorso da mão como se varresse o pó da superfície craneana.

***

Não faz nem quatro horas que estão em Campana e o tempo não avança. Partirão a Mar del Plata dentro de dois dias, mas para Jani é uma vida inteira. Não tem televisão nem telefone, e o rádio parece empoeirado demais para funcionar. E o pior de tudo: ainda não viu cachorros. Teria que ir procurá-los em algum terreno baldio, chamar alguém para ajudá-la. Chamar alguém? Para quê? Até que tem a ideia de trepar na laranjeira que dá laranjas amargas, horríveis de tão amargas, por que será que chamam de laranja essas porcarias verdes, pensa Jani já em cima da árvore. Agora que ninguém a vê ela deixa a cabeça livre para pensar em sua mãe, muito além da copa das árvores. Pensa no nariz de sua mãe e depois no pampa, nos caracóis, nas curvas da estrada de volta: conta cachorros argentino-chilenos, cento e oitenta, cento e setenta e nove, cem, quarenta e oito, os documentos, a inspeção na alfândega, o ar cortante, trinta, e ao fundo outra vez o nariz de sua mãe. Mas não se pode falar dela, não se pode.

***

No sonho daquela noite, Milena é uma boneca articulada que dobra e range. *Crac*. Joelhos e cotovelos, *crac*. Melhor erguê-la e deixá-la retinha, com os pés e os braços esticados. Acorda de madrugada: o bebê chora de soluçar, escandalosamente. O berreiro dura vários minutos e logo é sobreposto por vozes no corredor. Jani levanta e os vê: duas figuras recortadas, seu pai e a tia Bettina.

***

Pensa que a está perdendo. Grão pós grão, está perdendo sua mãe.

***

No sonho daquela madrugada, sua mãe é a cachorra. Seu pai abre o portão para guardar a Citroneta e Daisy sai em disparada para a rua. O barulho dos helicópteros parece raspar o céu. Seu pai assovia para que ela volte. Daisy, Daisy, venha. Mas os helicópteros cobrem os assovios. Sua mãe já está na outra quadra, cavoucando a terra de outro jardim.

***

Jani acorda ao meio-dia com o barulho do aspirador de pó. Olha-se no espelho, quer fazer trancinhas, se arrepende. Seu cabelo parece uma maçaroca. Se sua mãe a visse agora. Lá fora a tia Bettina dança com o eletrodoméstico. O tubo na mão direita como o prolongamento de uma tromba. Jani faz sinais para que ela desligue o aparelho. A tia obedece batendo continência com o mesmo sorriso do dia anterior. O pai saiu para resolver burocracias. A bebê dorme, na maior vida boa. Tem alguma sorveteria por aqui?, pergunta Jani. Chegadinha num doce, é?, responde a tia risonha. Na avenida Sarmiento, ao lado da praça, bem em frente... Jani deixa a mulher falando sozinha com o aspirador na mão e se aproxima do bercinho para comprovar que continua ali aquele nariz tão idêntico — como seu pai não percebe? — ao nariz de sua mãe.

***

    Seis anos atrás as ruas de Campana estavam enfeitadas com guirlandas de Natal, como agora, mas naquele tempo Jani não reparava nelas com a mesma atenção, não contava cachorros — finalmente: quatrocentos e sessenta e três. Também não pensava em sua mãe nem na Daisy, porque a Daisy não existia e sua mãe estava ali, para que iria pensar nela? Mas essa sorveteria é mais abafada, tem muito menos ar que a do centro de Santiago. E aqui não tem filas nem barbudos se fazendo de desconhecidos para depois te xingar. Em vez de sorvete, compra balas de anis. Chegada num doce, ora essa. Pior: chegadinha. A rua fede à borracha. O mesmo cheiro — só agora ela se lembra — que tinha o tio Agustín. Jani mal o conheceu, mas se lembra daquela pele purulenta, tomada pela acne. Agustín era um dos funcionários mais antigos da fábrica de plásticos de Campana. Fazia o turno da noite: entrava às dez e saía às cinco da manhã. Depois chegava com aquele cheiro de borracha e dormia até o meio-dia. Até que uma noite o coração dele não bateu mais. Uma morte serena, informou a tia Bettina.

***

    Por mais que procure, eles não aparecem. Ao sair da casa, viu um cachorro sarnento encolhido aos pés da laranjeira. Depois, dois cachorros em três quadras, uma miséria para o registro frequente. Pensa na Daisy deitada no quintal, com formigas e pó, poupando os latidos para quando a vizinha atinar em escutá-la. Imagina que durante a viagem a Mar del Plata a prima aguçará seu choro feroz para boicotar a contagem de cachorros. Como não previu isso? Essa noite sem falta falará com seu pai. Dirá que não vai a praia nenhuma, que está voltando para o Chile agora mesmo. Mas nesse instante ela os vê. Estão em seus postos, no terreno baldio atrás da casa, a poucos metros da mureta divisória. Da calçada oposta, pode observá-los claramente. Sete vira-latas tipo pastor alemão com os pelos eriçados, que perseguem uma galinha e se comunicam num idioma próprio. Arfam como se acabassem de passar num teste de esforço. Grunhidos e cacarejos num coro desafinado. As penas grudam em seus focinhos. De repente, silêncio. Todos os focinhos concentrados na mesma faina. Como se tivessem culpa do que ainda não consumaram e já festejassem o lambuzar das línguas limpando os focinhos. Jani decide não contar estes: são bestas, não cães.

***

Bettina trinchando um frango, trocando fraldas, puro empenho.

Guillermo contente fazendo contas.

Jani trançando o cabelo: como vou dizer a ele, como vou dizer?

***

Vai dizer quando o pai se aproxima para acariciar sua cabeça com um gesto que não é de carinho e Jani não consegue pedir a ele que por favorzinho não abra a boca que façam as malas e voltem ao Chile que ela vai sozinha para o Chile se ele não quiser que ela não gosta da neném que ela não gosta da tia que por favorzinho deixem ela ir com sua mãe falar de sua mãe se despedir da Daisy incluí-la na lista para viajar ao sul com tudo por fim em pratos limpos com sua mãe. Vai dizer a ele, mas o pai abre a boca e diz temos que conversar. Tem coisas que você já deveria saber, Jan. Na praia, conversamos. Jani suspeita que o homem está tramando algo. Toda vez que mente, ela a chama de Jan. Sorvete de pistache é uma delícia, Jan. Hoje em dia, qualquer um pisa na Lua, Jan. Você vai se acostumar, Jan. E pistache é horrível, e a Lua é uma bola distante e ninguém nunca se acostuma.

***

Últimos grãozinhos, ela pensa.

***

No sonho daquela noite, a cachorra late para os helicópteros e na cozinha uma fila de formigas marcha à beira de uma muralha. Jani vai esmagando uma a uma com o indicador enquanto murmura "Toque de recolher, toque de recolher". Seu dedo vai ficando preto.

***

Faz um calor pesado essa manhã em Campana. E, de repente, como que varrida pela terra, uma brisa morna. O pai sai para resolver as últimas pendências no centro. Leva a Citroneta para revisão de água, óleo, pneus. Lá pelo meio-dia, zarparão rumo à costa. Jani sobe na laranjeira disposta a matar ali as horas que restam. E se parasse de contá-los de uma vez por todas? Quatrocentos e setenta e sete, precisaria corrigir, porque o anterior estava dormindo. Os que dormem contam? Um cachorro que sonha que é um homem e acorda uivando debaixo de uma árvore. Um cachorro como qualquer um desses sete que agora reaparecem em gangue e vão com seu andar brejeiro atrás de restos de lixo ou sabe-se lá o quê. Além dos de ontem, ela conta o vira-lata da esquina e um cor de osso, e outro, e mais outro. Jani mal pode acreditar. Retoma a contagem com entusiasmo, quase com furor. Quatrocentos e setenta e oito, quatrocentos e setenta e nove, quatrocentos e oitenta. Sente um pouco de medo, mas em cima da árvore não tem perigo, os cães não trepam. Podem até sonhar que são homens, mas daí a trepar... Agora estão todos debaixo da laranjeira, combinando as ações em seu idioma de vira-latas, procurando outra galinha, vá saber o que andam perseguindo, o que sonharam à noite. Espalham-se em volta da árvore, prontos para o operativo, e a encaram fixamente lá em cima. Latem: ela deve ser a presa. Jani pensa em jogar laranja neles, mas talvez isso botasse mais lenha na fogueira. Teria que chamar alguém. Seu pai no centro, tia Bettina na dela, a bebê aos prantos, sua mãe tão longe. Socorro!, grita. Os cães mostram os caninos, recém-afiados, cada vez mais feras. Talvez a vejam como um homenzinho na Lua em cima da laranjeira, por isso tanto escândalo. Socorro! Vê que a tia Bettina sai para enxotá-los com uma vassoura, fora, seus imundos!, ela com seu pau de vassoura, que comédia. Por que não trouxe o tubo do aspirador? Quatrocentos e noventa, quatrocentos e noventa e dois. Não vai chegar a quinhentos. Não pode fazer nada dali, de sua órbita. Os cães com o focinho cheio de palha de vassoura. O lombo ouriçado, totalmente carniceiros. Aquela não é Bettina, pensa, não é a mãe da bebê, não é o nariz de sua mãe, não são cães nem são latidos nem é boca o que dá esse grito de socorro, que uiva, que já nem grita mais, a boca da tia Bettina; não sou eu em cima da laranjeira, pai, não sei como as feras partiram para cima dela, juro que não fui eu, não fui eu.

***

Enquanto espanta a turba com a Citroneta ainda ligada, o pai implora que ela chame uma ambulância, que corra pra buscar alguém, os vizinhos, que cuide da bebê lá dentro, que, por favor, cuide da sua irmãzinha.

***

Jani desce da árvore, dá três passos e obedece às recomendações do homem, tintim por tintim. Faz tudo mecanicamente, mal respirando. Porque as duas últimas palavras emitidas pelo pai — *sua irmãzinha* — e os cachorros salivando e a mulher toda mordida e descobrir assim essas coisas que você já deveria saber, Jan, a deixam devastada.

***

A essa hora a Citroneta parece um desenho. Estacionada do lado de fora do hospital municipal de Campana, sozinha, forrada de sanduíches de queijo, milanesas de frango e frutas que ninguém mais vai comer. Cheia de malas, cestas, sacolas e mantas que ninguém mais vai usar. E eles sentados num banco da sala de espera com o carrinho ao lado. Dormindo, como se nada tivesse acontecido, a neném. O perfume das flores que descansam dentro de um vaso torna o ar mais respirável. Jani imagina que em poucos dias sairão incontáveis botões silvestres que se deixarão respirar pelos narizes de uma mãe e uma filha a caminho de um sul desconhecido para ambas. Haverá fiscalização na rodovia e cães com dentes de aço que tentarão reprisar as primeiras cenas, as mais ferozes daquela manhã, mas haverá tantas palavras a serem ditas com Milena que Jani se esquecerá dos cães, da tia, da irmãzinha. Até de sua viagem sozinha de volta ao Chile, enquanto o pai vela Bettina em Campanha, Jani se esquecerá. Apagará o pampa, San Luis, o Cristo Redentor, Los Caracoles, a Panamericana Norte. Apagará a entrada do hospital onde agora mesmo descansa um cachorro preto e branco parecido com a Daisy e que Jani já não conta. Apagará até mesmo o sol que agora se infiltra parcialmente pela única janela da sala, produzindo essa secura na garganta.

Um deserto amargo que desemboca nas cordas vocais.

A filha procura as pastilhas de anis que comprou na sorveteria e oferece o pacote aberto ao pai. Quer um doce? Tá, responde o homem em voz baixa, um fio de voz, como se na verdade quisesse dizer estamos perdidos. E olha para cima com as mãos espalmadas, como numa oração. Jani pensa se seu pai irá dizer, ai, se seu pai se atreverá agora a dizer de novo. Mas seu pai não consegue soltar nenhuma palavra, porque nesse momento chega um enfermeiro de bigode que faz Jani lembrar vagamente o barbudo de sua mãe, e diz a eles que entrem. Que podem entrar com a neném, avisa, Guillermina também pode entrar com eles. E abre a porta e olha com cara de cirurgião, inexpressivo, e está prestes a dizer algo que acaba não dizendo.

A céu aberto

I.

É bonita a menina. Embora na verdade bonita não seja a palavra. E, a rigor, também não seja mais menina. Faz natação numa piscina municipal. Gosta do vermelho acobreado das tardes de inverno, do céu aberto. Usa um chapeuzinho de bambu.

Toda tarde ela chega à casa da professora de piano com uma almofadinha e o cabelo úmido sob o chapéu. Senta-se com a almofadinha na banqueta. A mulher lhe dá aulas, faz seu trabalho. *Dó-ré-mi-fá-sol-lá-si*. Ganha a vida assim. Sabe A *noviça rebelde*? Como não vai saber: *Dó-ré-mi-dó-mi-dó-mi*.

Primeiro ela senta na banqueta, depois em suas pernas. Nas pernas da mulher que agora a chama de "filhotinha". A menina gosta que a chamem assim. Ela, por sua vez, chama a professora de "preciosa". Passam-se vários meses: da banqueta às pernas, das pernas ao sofá. O cabelo ainda úmido da piscina. A mulher sente vertigem. Uma vertigem que, no entanto, a mantém equilibrada.

Até que uma tarde a menina chega exalando vinho. A professora a espia da sacada, salivando como uma cachorra. Cambaleia, a filhotinha. Vê que ela sai do mercadinho com uma sacola plástica na mão. Sobe a escada, pode ouvir seus passos deste lado da porta. Tem cheiro de vinho até na cabeça. Cabelo avinagrado, chapeuzinho manchado.

Estou com sono, diz a menina com voz angelical. E emite um oh que é o ensaio de um bocejo. E a mulher ali, de pé, olhando a cena a ponto de uivar. Mareada. Pensando: seu sono, minha vertigem, todo seu sono dorme na minha vertigem.

Com quem você andou?, se atreve a perguntar. Fico meio assim de te contar, responde a filhote. Dá uma risadinha fina. Conte, conte, a professora incita com uma voz que não é dela. Não me lembro de tudo, ri de novo a menina. Mas logo ela se lembra. Sua voz é uma guilhotina escondida na garganta.

Putz, diz a menina ao terminar de contar sua tarde com a professora de natação. Ficou brava? E a mulher responde oh, não, imagina! Mas no minuto seguinte ela imagina. Esta é sua última aula, anuncia. Está me mandando embora?, pergunta a filhote. Estou dizendo o que estou dizendo, rosna a outra. Depois vem um diálogo confuso. Vai levar a almofadinha?, pergunta. Não, por que iria levar? É sua, insiste a mulher. Ela quer dizer: sua pirralha de merda. Mas diz: é sua, a almofadinha.

Não foi nada, preciosa, suspira a menina.

Que preciosa? Preciosa nada? A mulher quer perguntar, mas acha melhor ficar quieta. Esse nada-preciosa dorme na minha vertigem, pensa. E pensa no céu aberto de inverno. E na almofadinha e nesse precioso nada. E em nada, preciosa. E na piscina municipal e nas sementes do vinho e nas mulheres nadando num mar de sangue e em tudo o que penetra em seu peito já partido.

Te dou de presente, diz a menina. Refere-se à almofadinha. Entrega a ela. Está dizendo que não quer nada de mim?, ouve-se a mulher dizer com afetação. As duas se encaram, os olhos embaçados. Estou com sono, diz a garota em voz baixa. Melhor eu ir.

Dó-ré-mi-dó-mi-dó-mi. A cabeça rodopiando. *Dó-ré-mi--dó-mi-dó-mi.* A cabeça cheia de ruídos. A mulher a interrompe secamente: leve pra você, pede, já não me serve. A aluna de piano e de natação agora obedece sem se alterar, deixa o apartamento com a almofadinha na mão e essa cara de serenidade.

Com a cabeça vazia, por fim, a mulher sai à sacada. Segue o chapeuzinho de bambu subindo a rua. Depois levanta a vista. O vermelho acobreado daquela tarde de inverno. As nuvens corpulentas vagando lá em cima. Parecem silhuetas de alguma coisa gorda. Ela se sente tão pequena, tão pouca coisa. Embora na verdade pequena não seja a palavra.

II.

Você sai do mercadinho com a sacola na mão esquerda, senta no meio-fio, abre a sacola, tira o pote, abre a tampa, leva-o à boca, lambe a parte marrom, depois a baunilha, depois a rosa, nem pensa em colherinha, você ofega, suas mãos tremem, continua lambendo, e a professora lhe vem à cabeça, tão nítida a cara da mulher debaixo d'água, agora subindo à superfície e te levando para o canto, levando seu cabelo úmido, seu corpo leve, levando suas mãos ao início de algo remoto, sozinhas boiando, todos os ruídos da cidade desconectados ou conectados com alguma outra órbita, os pianos sem dentes, o mundo uma superfície aquosa enquanto ela te absorve e você não tem voz nem ar nos pulmões nem vontade de se afastar desse corpo flutuante que te afoga te rasga te suga te solta e se afasta dando braçadas até a escadinha de saída e te pede que espere um minuto — um minutinho, menina — e pega uma toalha azul para entregar a você da borda da piscina e te dá a mão para que saia da água e olha para o céu e contrai a boca e te diz obrigada, muito obrigada, e te dispensa e você abre os olhos e o sorvete já derreteu e você leva a língua ao fundo do pote, lambe a parte rosa, baunilha, marrom e sem perceber suja o vestido com o contorno de um continente distante. Uma mancha anterior à civilização. E você se limpa com a sacola, se suja, olha o pote vazio e acredita ver a professora, tão claro seu rosto diante do piano e você sentada na banqueta, em suas pernas, no sofá e agora de pé, com o chapéu de bambu torto e a almofadinha nas mãos e uma vontade de que a Terra seja de água e de nadar para fora, sempre para fora, e então você larga o pote no chão e, com a tarde ainda pegajosa na boca, mergulha e se deixa levar.

III.

Tinham lhe dito que era um silêncio alaranjado e estridente; que as distâncias e os contornos desapareciam. Chegou com pouca roupa e um chapeuzinho de bambu. Tinham lhe dito que não precisaria se cobrir do sol, mas ela não deu ouvidos. As lembranças não a deixavam pensar. Para dizer a verdade, nunca conseguiu sair de suas lembranças. Foi embora com o peito despedaçado e chegou com a cabeça coberta pelo chapeuzinho de bambu. Com aquela cara comprida e pálida que tinha, pôs-se a esperar. Deram um sorvete de laranja para ela aguentar o sufoco. Uma casquinha muito da insossa. Para ir se acostumando, lhe disseram. Para que a mudança não seja tão brusca e aplaque esse calorão, queriam dizer. Aqui ainda tinha sorvete. Depois não teria mais nada. Nada, nadica de nada — não disseram assim para não assustá-la: notava-se de longe que era hipocondríaca.

Que ficasse colada na língua. Isso ela temia agora: que a colherinha do sorvete de laranja ficasse colada na sua língua naquele lugar tão estático. Ria de nervoso. Que não pudesse tirá-la mais da boca. Que a língua grudasse no metal da colherinha e ninguém a socorresse — que nenhuma professora a socorresse — e ela ficasse sozinha com o talher colado ali, na língua, para o resto da vida. Para o resto da vida?, perguntam em tom de gozação. A colherinha é de plástico; não vai colar em língua nenhuma, menina.

Então ela tomou o sorvete de uma vez só e todos os temores prévios passaram e também os sufocos, e ela achou que era muito amargo apesar de insosso, e se sentou na banqueta e sem querer começou a se acostumar. E comeu também a colherinha, afinal aqui já não importava. Já não haveria digestão, disseram a ela. Já não haveria apetite nem sol de inverno nem céu aberto nem lembranças. Principalmente lembranças. Já era hora de entrar para se despedir, disseram a ela. Sentia a garganta muito gelada pela colherinha que talvez não fosse de plástico, pensou ela num último e fugaz palpite. Entre para se despedir, repetiram. Era uma voz aguda que lhe falava. Um coro, mais do que uma voz, infiltrando-se pela água ou pelas ranhuras de alguma escotilha que ela não podia ver. Ande em linha reta, tire a roupa, ordenaram.

    E foi o que ela fez. Despediu-se do chapéu de bambu e andou em linha reta, com passos lentos — vai que seu peito de repente explodisse? Se tivesse se olhado no espelho teria achado que aquela expressão apagada e aquele corpo ossudo já não eram seus. Tinha um brilho improvável cristalizado nos olhos. Desceu dez degraus que podiam ser vinte ou mil e quinhentos. Notou que não havia distâncias nem contornos. Antes de chegar ao penúltimo degrau, olhou para trás ou para cima. Mergulhou. Ouviu um ruído que não conhecia; um ruído sem notas, sem melodia. Um som metálico. Quis dizer algo, mas teve medo que o ruído ficasse colado na sua garganta. Ou, pior, que ela se transformasse no ruído. O que mais lhe deu medo, a bem da verdade, foi estar entrando naquele silêncio sanguíneo de que tinham lhe falado, e que agora mesmo embotava sua cabeça.

Ajeitar as coisas

A mulher da casa circular não quer construir um filho. Diz, a mulher, que não precisa de botões nem de florestas nem de nada que brote de semente alguma. Ninguém pode explicar então por que certa manhã ela acaba renunciando a tudo, ao café da tarde, a colecionar passagens de ônibus para trocar por uma cadeira de rodas, a fazer origami com as sacolinhas da quitanda do russo, a seu adorado silêncio enquanto contempla a colina em chamas — seu único desejo, na verdade —, e decide construir um filho.

Não é uma operação normal. A mulher arranca a própria cabeça e extrai de dentro dos miolos aquele bebê que surrupia suas ideias. Mais tarde, anos mais tarde, alguns especularão que a decisão foi tomada justamente para desentupir certos pensamentos, mas isso nunca chegará a ser comprovado. A questão é que, ao sair à superfície, a criatura chora: é, claramente, um bebê normal. Mas quando a mulher tenta recolocar a cabeça na posição original, descobre que a medida do pescoço não lhe entra mais. Não consegue botar a cabeça de volta e ainda por cima tem essa cria que chora e exige sua atenção e rola de rir com a inépcia de sua mãe nas horas seguintes.

A mulher pega a cabeça com a mão esquerda e a cria com a mão direita, e sai da casa circular para pedir ajuda. Na rua, como de costume, sente cheiro de fumaça: a cidade inteira parece arder em chamas estivais. Os vizinhos se assustam com a situação da mãe subitamente decapitada, e fazem esforços humanos e sobre-humanos para botar a cabeça de volta no lugar. O jornaleiro sugere apertar as veias como se fossem parafusos, a professora de natação propõe pressionar as extremidades com força. Como se o vento ou o fogo de repente encaixassem uma porta, exemplifica. Todo mundo mete a mão, cada um quer provar sua técnica. O russo da quitanda chega a levar um pedacinho de massa encefálica em seu afã de ajeitar as coisas. Desculpe, diz, muito envergonhado, jogando a massinha no chão. A mulher engole o choro. E se o faz é só porque agora está diante do cardeal em pessoa, que trouxe seu alicate e sua pinça pessoais, e, que barbaridade, fica vermelho e quase roxo de tanto esforço que faz o pobre religioso.

Tudo é inútil. Alguém decide descansar uns minutos, botar a cabeça para maquinar novas estratégias, e a turma começa a sentar no meio-fio em frente à igreja paroquial, em volta da cabeça da mulher. Ela (seu corpo, digamos) prefere ficar de pé. Mas a cria, que até aquele momento não conseguira parar sua gargalhada de hiena, de repente se contém e solta a voz. Preciso voltar pro cérebro da minha *mamis*, diz. Precisam me botar de volta na minha cobertinha, ordena à multidão. Os vizinhos imediatamente se levantam. A mulher aponta com um gesto imperioso para a cabeça descansando no meio-fio. A professora de natação junta-a com a mesma delicadeza que empregaria numa sequência de nado sincronizado e pede ao bebê que dite as instruções para ser recolocado no cérebro de sua mãe. Num dialeto estranhamente compreensível para os moradores, o rebento explica a técnica à vizinhança: primeiro devem fazer um espaço na cabeça materna, limpar a área com movimentos circulares. Assim, diz ele, desenhando infinitos círculos no ar com o dedinho indicador. Depois devem introduzir o corpo (meu corpinho, ressalta o bebê) lentamente, cuidando para que nenhum pedaço fique de fora. Só quando a cabeça da mulher estiver recheada com o projeto de criança em seu estado original, será possível grudá-la no pescoço e fechar a tampa de uma vez.

Os vizinhos emudecem, o cardeal abandona dissimuladamente o cenário do imbróglio e então os homens procedem:

juntos, seguram a criatura gelatinosa e começam a introduzi-la no crânio materno com meticulosidade de cirurgião. A operação é um sucesso. Agora sim a cabeça recheada da mãe é acoplada sem problemas em seu pescoço. Uma vizinha, que sabe bem o que é construir e destruir um filho (numa tarde quente, esqueceu o bebê dormindo no banco do carro estacionado e ao voltar encontrou-o seco feito uma uva passa), lhe oferece um kit de costura. Por via das dúvidas, diz, para não perder mais a cabeça. A mulher, estéril novamente, aceita a oferta e parece ver nos olhos da vizinha a sombra da criatura asfixiada dentro do carro numa tarde quente. A multidão se afasta pouco a pouco, como se a cortina fosse baixando com *delay*. Enquanto a mulher fecha a própria cabeça com uma linha branca bem grossa, observa todas aquelas costas se afastando e então volta a pensar.

O que pensa, na verdade, não é nada de outro mundo. Mas, como a costura vai ficando um pouco apertada, as ideias se confundem e no fim ela não sabe se o que pensa já pensou antes ou se vai pensar dentro de dez dias. Quando dá o ponto final no cerzido, agradece o apoio da vizinhança (na verdade só da vizinha do filho asfixiado, a única que permaneceu ao lado dela), volta à casa circular pela mesma estrada encoberta de fumaça, junta quatro passagens de ônibus pelo caminho e deita para dormir a sesta com as janelas fechadas. O que sonha essa tarde é simples: seu crânio vai se inchando e inchando até construir um cachorro cor de baunilha, um cachorro sem rabo. Mas é apenas um sonho. A mulher agora dorme tão infértil como aqueles cardeais, como aquelas cardealinas perdidas na colina em chamas.

Naturezas mortas

Uma língua de fogo depenada de fogo.
Alonso Salvatierra

Um milagre. Para Canossa é um milagre que o brilho dessa espécie de faca que o ameaçou anos a fio, Diazepam pós Rivotril, Dormonid pós Zopiclona, se transforme assim, de um dia para o outro, num corpo fosforescente. Que quase exploda de tanta luz. Mas, embora não o admita até terminar de passar os créditos na tela, o milagre — se é que é um milagre — terá a ver com uma mulher. Com *aquela* mulher. Poderá se dizer então que Canossa viajará da capital a Retiro como vão e vêm certos homens dóceis: para agradar uma mulher. Na mesma tarde em que saltarem do trem, empolgados feito dois cachorrinhos, os boatos começarão a correr em Retiro.

Mas isso virá depois.

Agora, nesta noite úmida na capital, o homem está de pé na bilheteria de um cinema, prestes a conhecer a pessoa que extirpará, milagrosamente ou não, os aguilhões de sua cabeça. Ele, deste lado da janelinha; ela, do outro, cortando os ingressos, indicando a sala, boa tarde, seu troco, por aqui. Bastará esta cena para acender o pavio.

***

Uma mulher que corta um ingresso.

***

Deve ter vinte e cinco ou vinte e seis anos, calcula Canossa, mas seus olhos, esse par de sementes lustrosas que ela tem no lugar de olhos, são de uma pirralha: brilhantes e cheios de fé. Não é linda do tipo modelo, não pensem que é. Seu charme na verdade reside nessa espécie de magreza adolescente. Nas orelhas minúsculas e quase obscenamente rosadas. Ou mesmo nas cãs prematuras despontando daquela mata de cabelos de azeviche.

— Uma entrada — pede o homem aturdido.

— Para qual? — ouve-a dizer. Uma voz de menina, ainda por cima.

Três filmes estão em cartaz: O *idiota*, Os *lobos nunca choram* e *Rebelião em Milagro*.

— Para... — e Canossa não pode evitar dizer o que diz a seguir. — Para conhecê-la melhor, um pouquinho só.

A mulher, que na verdade não é boba nem pirralha, que não nasceu ontem e conhece muito bem esses clichês, ajeita o cabelo atrás da orelha e responde:

— Desculpe, o senhor precisa escolher um filme.

— Então escolha por mim — se atreve a dizer, e em silêncio implora para que a mulher não o humilhe com O *idiota*. Depois de um silêncio que dura menos que o calculado, ela decide:

— Os *lobos nunca choram*.

Existo, pensa o homem aliviado, pronto para ver o que for da vontade da garota. Desenhos animados, documentários sobre flora e fauna primitiva, o que vier. Feliz de passar as próximas duas horas no perímetro da desconhecida — ainda que os separem a escuridão e uns quantos metros entre a sala e a bilheteria do cinema. Na tarde seguinte, Canossa volta ao local e a situação é parecida. Na terceira noite, está disposto a engolir outra vez aqueles lobos que nunca choram só pelo prazer de vê-la e de ouvir seus escassos monossílabos. Mas a mulher de repente muda a resposta.

— E o que sugere, exatamente? — diz, com o ingresso na mão.

— Podíamos tomar algo no barzinho da frente — improvisa o homem. — Ou, não sei, em algum outro lugar.

— Teria que esperar dar o meu horário — a bilheteira aceita, no seco, esboçando o prelúdio de um sorriso. — Saio às dez e meia.

— Eu espero, claro que espero.

A espera e o nervosismo valem a pena. Poucas horas mais tarde, tomando limonada e comendo azeitonas e amendoins muito salgados, o homem conhece as preferências da mulher. Sabe que se chama Alia e que adora cinema mudo, mostarda e copos de leite (no jardim, não à mesa, diz). Entre cachorro e gato, prefere cachorro. Adora a natureza, diz. Fica sabendo também que seus pais eram de Retiro e que faleceram quando ela tinha dez anos. E que desde então morava na capital com seus tios paternos, Juan e Rebeca. E fica sabendo naquela noite (e naquela noite quase não pode acreditar) que a mulher é solteira e que, após a morte da tia e a ida do tio para o interior, mora sozinha num apartamentinho no centro.

— O tio Juan é como um pai para mim — ouve-a dizer em algum momento. — Mas nos vemos muito pouco agora que está em Zárate. Conhece?

— O quê? — faz tempo que ele perdeu o fio da meada. Está concentrado agora em outro gesto da garota: no jeito de arrumar o cabelo atrás da orelha, como se sintonizasse uma surdez prematura.

— Zárate. Conhece?

— Não...

— Fica ao lado de Retiro. Também não conhece Retiro?

— Só de nome — mente. Mas é uma mentira leve. Embora não lembre ter ouvido esse nome, poderia ser só um lapso de sua memória falha.

— Morro de vontade de morar em Retiro.

A bilheteira continua falando um bom tempo. Ele apenas olha para ela e aprova suas palavras com monossílabos ou alguma frase gentil. Aquela noite, Canossa não fala da morte de seus pais num acidente nem dos aguilhões de sua cabeça nem de como já se imagina furiosamente feliz a seu lado, ao lado da mulher que agora leva uma azeitona à boca e é a boca de uma pirralha, os lábios de uma cobra: uma serpente viva, essa mulher e essa boca. Também não fala do coquetel de remédios que engole todos os dias para se manter de pé, nem dos múltiplos diagnósticos que o mantêm assim. Canossa queria dizer como está decidido que sua vida siga irrecusavelmente ao lado dela. Na capital, em Zárate, em Retiro, no coração da natureza, numa película de celuloide, onde for. Mas também não diz. Logo chegará a hora de ela saber tudo, pensa. Tudo.

— Pedimos a conta? — propõe ela, de repente. — Amanhã acordo supercedo.

— E que horas são?

— Cinco para meia-noite.

— A senhora é como a Cinderela, é?

Ela dá uma risada infantil, ele a acompanha com uma gargalhada artificial. Os olhos da mulher voltam a brilhar com luz própria e nesse minuto Canossa sente que é capaz de matar para que ela seja feliz. Mas intui que esta é só a primeira peça de um quebra-cabeça que cedo ou tarde irá montar, e que deve ir com calma, sem pressa, para não estragar o jogo.

— Vamos, então?

— Escute, gostaria de pedir algo — se atreve a interrompê-la.

— Algo tipo o quê?

— Algo simples, não se assuste — diz, olhando-a nos olhos.

— Gostaria de pedir que nos tratássemos por você. Se não se incomodar, claro.

— Não, não me incomodo. Mas sabe de uma coisa? — sorri envergonhada antes de continuar. — Eu resumi a minha vida inteira esta noite e o senhor nem me disse seu nome.

— Ah, me chamo Martín. Martín Canossa.

— Muito prazer, Martín Canossa — e aperta a mão dele. — Sou Alia Viotti... Ou já havia dito meu nome a você?
— Não. Prazer, Alia — e agarra a mão dela, aquela pele já milagrosa que faz seu sangue ferver.

***

Uma mulher do interior.

***

No mês seguinte começam a dormir juntos uma ou duas vezes por semana. Dois meses depois, ele diz que a ama — já te amo, diz — e ela não responde. Três meses depois, jantando em sua casa, ele insiste e ela repete uma frase que disse no primeiro encontro e que hoje tem outro sentido: quero viver em Retiro, diz. Isso é o que eu mais quero. Canossa a escuta. Está tão determinado a seguir adiante em seu deslumbramento que não pensa duas vezes. Naquela mesma noite, conta a ela:
— Quando meus pais morreram...
— Seus pais morreram? — Alia o interrompe.
— Sim.
— Sinto muito.
— Obrigado, mas já não sofro... Foi há tanto tempo.
— Puxa, sinto muito mesmo — volta a dizer em voz mais baixa.
— É sério, não sofro... — ele interrompe. E pega as mãos dela num gesto ligeiramente paternal. — O que eu queria te dizer é que meus pais me deixaram um dinheiro. Meu pai era dono de um hotel e a herança não foi nada má. Afinal de contas, vivi dela todos estes anos. Mas ainda tenho um pouquinho guardado, e pensei que, bem... Que talvez pudéssemos usar esse dinheiro para viver em Retiro.
— Para quê? — Alia se surpreende.
— Para viver em Retiro. Não sei, abrir uma pousada, um bar, o que for. Algo devo ter herdado do ofício familiar, não acha?

— Acho incrível! — os olhos da garota voltam a se acender. — Quando partimos? Preciso ligar agora mesmo ao tio Juan para contar a ele. Talvez saiba de algo e possa nos ajudar de Zárate. Meu tio vai ficar tão feliz!

— E você gosta da ideia da pousada ou do bar?

— Adoro — aprova ela, num gesto que Canossa julga uma atuação exagerada. Filmes demais, ele pensa, mas imediatamente descarta a ideia de comédia. — Além do mais, posso te ensinar as manhas de Retiro. Porque não é um lugar qualquer, precisa saber... Ah, você vai ver como é lindo morar no interior. Mal posso acreditar, quando partimos?

A ansiedade de Alia leva-os a agir com urgência. Não passa uma semana e a viagem já é uma decisão tomada. Ela renuncia ao trabalho de bilheteira de cinema e ele saca suas economias do banco. Canossa suspeita, porém, que as coisas não são bem assim, tão fabulosamente assim como se projetam diante de seus olhos. Mas ele deixa o filme correr.

***

Uma mulher em filme de época.

***

— Depende de quanto dinheiro trouxer, cara — diz o tio Juan por telefone, a vários quilômetros de distância. — Arrendar o Royal deve custar, calcule uns... trezentos mil. Mas está muito deteriorado, não recomendo. Se tem dinheiro, poderia pensar em comprar o Cecil, que já é uma boate maior, com mais nome. Agora está meio abandonada, mas talvez dê para negociar com os netos do dono.

— E sabe quanto cobrariam? — pergunta Canossa. É a primeira vez que fala com o tio de Alia.

— Isso você vai ter que perguntar a eles... Como vou saber dessas coisas? — encerra o diálogo. — Escute, a *Alita* está por aí?

— Alita?
— A Alia...
— Ah, sim, a Alia — repete Canossa, abobado. — Já passo para ela.
— Rápido, cara, que é chamada interurbana.

***

Seis meses mais tarde, o casal se muda para Retiro. Embora o acordo com os netos do dono do Cecil tenha sido vantajoso, é necessário derrubar divisórias, reinstalar o encanamento, ladrilhar, lixar e pintar as paredes antes de pôr para funcionar o bar e a pousada. De comum acordo, marcam a inauguração para 31 de julho, um mês depois da chegada à cidadezinha. Os primeiros dias não são fáceis, mas Canossa se dispõe a enfrentar as manhas do interior com ânimo de sobra. A cabeça embotada e o bloqueio mental são para ele uma vaga mancha de algum passado alheio; algo que está bem longe de ameaçá-lo, agora que a bilheteira e ele, Alia Viotti e Martín Canossa, quem diria, são a novidade de Retiro e preparam a reabertura do Cecil com bumbos e apitos. Pensaram inclusive em se casar, mas não, ainda não, Martín, vamos primeiro nos instalar como se deve, propôs ela. E ele — você é que manda, amorzinho — acatou. E ambos se dedicaram de corpo e alma à reabertura do negócio.

Canossa, no entanto, se deixa levar algumas vezes por algo que ela, com bom humor, batiza de *arroubos de ciúme*. O mais notável foi este: uma tarde, ele encontra entre os cacarecos da mulher um guardanapo escrito a caneta tinteiro. "O paninho fino sobre seu umbigo aberto", diz o papel. Canossa lê as sete palavras como quem revisa um diagnóstico médico de duvidosas consequências. Tenta dissimular o tremor das mãos e se aproxima de Alia com o guardanapo aberto feito uma bisteca. Me diz uma coisa, pergunta com voz fingidamente neutra, o que é isso? Alia lê o papel e ri baixinho. Alguém diria que lhe contaram uma piada de duplo sentido. Ora, o que está pensando, Martín?, ela fala fazendo charminho (ou algo que ele percebe como charminho). Nada, não estou pensando nada, se defende. Mas sua negação soa pouco crível. É um verso de Alonso Salvatierra, nunca leu?, ela o desafia. Não, Canossa nunca leu o tal do Salvatierra. Ela balança a cabeça. Deus do céu, que poluída, essa cabecinha. Não resta a Canossa senão voltar atrás. Certo, diz para si mesmo: não é um pretendente. E, para dizer a verdade, tampouco acha um verso muito letrado. Se é que é um verso. Mas o que importa tudo isso? Mesmo que o verso não seja verso nem letrado, nem pertença a um pretendente ou a um admirador secreto, por que Alia tem que andar guardando palavras picantes entre suas tralhas? Onde e quando escreveram isso a ela? Por que e com que intenção? O que significa exatamente um paninho fino, um umbigo aberto? Como se abre um umbigo?

Quando vê Alia rasgar o guardanapo e jogá-lo no lixo, todas suas especulações desaparecem e ele sente um alívio como um espirro. Mas, assim que ela sai do quarto, Canossa volta à lixeira, junta os pedacinhos do guardanapo e monta novamente o quebra-cabeça. Em nenhum lugar diz Alonso Salvatierra. A menos que seu pseudônimo seja J.V., como descobre agora no verso do guardanapo. Pior: *Seu*, J.V.

***

Uma mulher que abre um ruído.

***

Alia costuma dormir até o meio-dia. A rotina de Canossa, por sua vez, segue o trajeto do sol. Certa manhã, perto das oito, ele sai para caminhar pela cidade. Quando chega à praça, senta num banquinho debaixo de um liquidâmbar. Quer ficar sozinho, fumar um cigarro e ouvir a melodia das cigarras. Mas justo quando tira o isqueiro do bolso, começa a tocar uma música de festa que anula todos os ruídos. O homem olha em volta: o que vê é o sorriso comum de uma vintena de aposentados. Aquela musiquinha saindo dos alto-falantes localizados nos cantos da praça os deixa tão felizes. Então ele se levanta do banco, acelera o passo e caminha pela avenida principal até chegar ao cais. O cheiro de mato queimado que desce com o rio Paraná não parece incomodar ninguém. Na margem, há uma dúzia de patos negros com as penas maltratadas. Passeiam em fila e grasnam sincronizados, misturando seu canto com os resmungos dos idosos. Canossa nota que o cais está cheio de velhos com cara de alívio. O que os apazigua, pensa ele, é o simples fato de respirar. Respirar esse ar que está bem longe de ser puro. Assim como os patos, estão aqui para matar o tempo: isso deixa Canossa feliz. De repente se sente à vontade com essa natureza. Deixa os pensamentos correrem sozinhos e vê a si próprio como um pato. Um pato feliz em seu devaneio, que se instala na grama e agora vai acender um cigarro. Mas não chega a fazê-lo porque ouve o grito de um homem, um dos idosos do grupo, que diz, com ar de superior:

— Pare! Aqui não pode fumar.
— Como? — Canossa olha-o do chão.
— Não pode fumar, estou dizendo.
— Onde diz isso?
— Eu estou dizendo que é proibido fumar — o velho se impõe com uma voz estridente.
— Mas estamos num lugar público. E é um cigarro só.
— Engraçadinho, o senhor... — Canossa se sente cada vez menor, sentado na grama, encurralado. Um pato em cativeiro com as penas estropeadas. Tenta se levantar, mas o desconhecido o impede. — Um instante — diz. E faz um sinal de cumplicidade para um homem sentado mais atrás. Obedecendo ao chamado, o outro velho se aproxima e para

em pé diante deles. Canossa vê que ele traz uma caderneta na mão e uma lapiseira pronta para atacar.

— Boa tarde — cumprimenta o recém-chegado. — Samuel Calles.

— Martín Canossa.

— Este senhor ia fumar aqui, sabe? — o primeiro o interrompe. — E não sei se é tabaco o que tem aí.

— Ai, ai, ai — murmura Calles, escrevendo algo na caderneta.

— Não sabia que era proibido fumar, me desculpem — se entrega Canossa.

— Ninguém nunca sabe nada — recita Calles. — De onde vinha agora, do Cecil?

— Mais ou menos, quer dizer...

— Melhor não dizer nada — ordena o velho da caderneta, apontando com o dedo indicador a saída do cais. — Circulando, faça o favor.

Canossa obedece, já sem penas, deslocado. Praticamente por inércia, chega à estação de trem. Senta num banco de madeira e espera. Não sabe o que é que espera, mas ali está ele, sentado em seu assento, esperando pelo menos que as coisas melhorem. Sequer lhe ocorre acender o cigarro censurado pelos velhos. Ouve como as sirenes dos bombeiros entoam sua melodia das doze horas. Num canto do lugar, bem em frente à banca de jornais, consegue divisar uma santa de cerâmica, um jarro de flores com dois copos de leite novos e uma mensagem escrita em letras azuis sobre o mármore: *Minha mãezinha de Retiro, virgem da boa viagem, fazei-me chegar ao bom destino hoje e na próxima jornada.* Mais além, um cachorro cor de baunilha, raquítico, dorme debaixo do banquinho de madeira ocupado por um policial e por Gariglio, o jornaleiro. Depois de um tempo o cachorro levanta, caminha até Canossa e se deita a seus pés.

***

Uma mulher que aninha um gesto impossível.

***

Um dia antes da abertura oficial do Cecil, Alia pede a Canossa que vá ao mercadinho do centro comprar um frango. A garota faz as contas num caderno de folhas quadriculadas e toma anotações numéricas com uma caneta tinteiro.

— Hoje o tio Juan vem jantar — comenta.
— Onde? — pergunta Canossa.
— Aqui, onde mais seria?
— Por quê?
— Porque amanhã é a inauguração e depois vamos estar muito ocupados.
— Mas por que jantar?
— Como *por quê?* — levanta os olhos do caderno. — Porque é meu tio, porque sim.

Canossa apoia os cotovelos no balcão, leva as mãos à cabeça e diz, num murmúrio:

— Não estou gostando disso, Alia.
— Como é? — a mulher ri. — Do que exatamente não está gostando?
— Disso — atina em responder. As explicações não saem.
— Pois eu não gosto das suas ceninhas de ciúme.
— Isso não é ciúme...
— Bem, então não gosto das suas ceninhas, simplesmente.
— Está bem, que venha seu tio, que venha — Canossa põe fim ao diálogo.

De modo que, naquela mesma noite, Juan Viotti chega de visita. Chega pontual. Traz um ramo de copos de leite para Alia, que o recebe toda emperiquitada na porta do Cecil. Canossa preparou o frango e agora está no balcão do futuro bar. Dali, observa a boca da sobrinha pousando sobre a bochecha do tio. A boca do tio nos cabelos da sobrinha. Por que nos cabelos?, se pergunta. E sua mente não consegue formular uma resposta, porque agora o tio envolve a sobrinha num abraço que é uma espécie de opressão, que dura vários segundos, que não termina nunca, ai, está sufocando ela. Canossa abandona seu posto estratégico e tenta se concentrar em qualquer outra coisa. No frango que deve estar pronto. No frango, no frango. Como um mordomo eficiente, lava as mãos com muito sabão, amarra um avental de meio corpo na cintura e entra na cozinha. O frango, para sua desgraça, cozinhou demais. Lembra-se dos patos no cais, pensa que um dia desses ainda vai aprender a caçar. Quando está prestes a desligar o fogo, ouve a voz de Alia chegando da copa:

— Martín, cadê você? Venha dar oi.

— Estou indo! — grita Canossa sem mover os pés um centímetro da cozinha.

— Como está minha Alita[2] de pombinha? — lá de dentro, ele ouve as palavras do tio Juan.

Quando chega à copa com a panela fumegante protegida por um pano de prato e o avental amarrado à cintura, Canossa percebe que cozinhar um frango foi um ato de entrega. Servil e ingenuamente, se entregou aquela noite ao inimigo. O tio e a sobrinha sorriem como dois adolescentes pegos com a boca na botija. Enquanto abre espaço na mesa para acomodar a panela, teme ser vítima de uma força da natureza. Juan e Alia, pensa ele, estão unidos por algo mais denso que o sangue. Juan não é o que aparenta ser, adverte, vá saber quem é este homem. E Alia não é Alia, a bilheteira de cinema, a mulher da felicidade súbita: *aquela* mulher. Alia, essa noite, é outra coisa. E ele? Quem é ele nessa mesa? Canossa suspeita que o silêncio que agora se impõe na copa é sinal de alguma coisa. Não sabe exatamente de que, mas de algo que está bem em cima dele. Alia abre e fecha a boca como se interpretasse um filme mudo. Estarão no meio de um ensaio?, pensa ele. Terá que assistir de novo ao filme dos lobinhos? Ou agora

---

[2] N. da. T.: "Asinha", em espanhol.

todos verão O *idiota* em sessão privada? Canossa percebe que está indo longe demais. Olha bem para Alia e seus lábios se mexendo parecem agora um gesto de escárnio. Como quando as crianças imitam os adultos e depois de um tempo dá vontade de chutá-las ou pelo menos cortar sua língua. Somente quando ela estala os dedos diante de seus olhos o homem pode ouvir as palavras saindo daquela boca alterada:

— Martín! Estou falando com você!

Canossa esboça um sorriso e tenta apagar os pensamentos que andaram martelando sua cabeça nos últimos segundos. Tudo bem, tudo normal. Coloca a panela em outro canto da mesa e cumprimenta com a maior naturalidade possível:

— Então é você o tio Juan — e aperta a mão dele.

— Sim, sou o tio — responde o homem. Como se não houvesse mais tios possíveis, mais laços de sangue rastreáveis entre ele e sua sobrinha. — E você deve ser *Canosso*[3], certo? Acho que falamos por telefone meses atrás.

— Canossa — corrige Martín. — Sim, sou o marido dela.

— Como é que é, Alia? — segura a garota pelo braço com a mesma mão que antes havia cumprimentado Canossa. — Não me convidou para o casamento?

— É jeito de dizer. Não estamos casados — explica Alia.

— Por que não deixamos de conversa fiada e vamos ao que interessa?

— E o que é que interessa? — pergunta o tio, com algo que Canossa julga uma insinuação direta. Agora o vê se agarrar no braço dela feito um molusco.

— Comer, ora bolas! — a mulher se faz de desentendida. Só então nota a panela na mesa e se assusta. — Martín, como você traz a comida nessa panela imunda?

— É a única que temos, meu amor — diz ele, frisando as últimas palavras.

---

[3] N. da. T.: *Canoso*, em espanhol, é "grisalho".

— Mas tem outras travessas um pouquinho mais decorosas, ora essa — Canossa pega a panela quente sem o pano de prato e a leva de volta. Alia grita da copa: — E quando vier traga a mostarda, por favor.

Da cozinha, Canossa ouve como Alia e Juan continuam falando. Da mostarda que ainda não conseguiu eliminar da dieta (ela); dos negócios lucrativos em Zárate (ele); dos incêndios em Retiro e dos bombeiros ineptos, comprados ou pirômanos; das manifestações multitudinárias na capital; dos copos de leite que Alia levou à sua tia Rebeca no aniversário de sua morte; do vira-lata cor de baunilha que apareceu no Cecil e virou de estimação; das manhas, aquelas manhas tão ridículas do interior; dos velhos retirenses e de outras miudezas quaisquer. Canossa compreende que seu personagem não tem texto nessa cena. Sem pensar mais, enfia o frango numa travessa de vidro, volta à copa, coloca a travessa em cima da mesa e solta uma voz que parece dublada:

— Sinto muito, Alia, não vou jantar contigo esta noite.

— Mas... — a mulher nem articulou outra frase e Canossa já saiu da sala.

— Esqueceu a mostarda — comenta Juan.

— Que vergonha, mil desculpas, tio — murmura a sobrinha.

— Meio doidinho seu marido, hein?

— Não é meu marido, já disse — defende-se com a mesma voz adolescente. E levanta a tampa da travessa de vidro como se nada tivesse acontecido.

Frango queimado, vinho adocicado, noite às gargalhadas. O jantar termina relativamente cedo. Canossa apaga a luz do abajur quinze minutos antes de Alia se deitar. Quando sente que ela desliza debaixo das cobertas, finge dormir. Emite até um leve e convincente ronco. Ela, no entanto, não liga se ele está fingindo ou não, se está ouvindo ou não. Pronuncia duas palavras, mas pronuncia com raiva:

— Seu mal-educado.

E se aninha num canto da cama, o mais longe possível de Martín Canossa.

***

Uma mulher que anda de trás para frente.

***

No dia seguinte, mal trocam monossílabos. Canossa sai cedo para comprar os últimos detalhes para a inauguração do Cecil: toalhas plásticas, um par de saleiros de mesa, lâmpadas externas e uma pequena caixa metálica com cadeado onde pudessem guardar o dinheiro. O resto foram comprando aos poucos: tevê a cores, cadeiras e mesas, ventiladores de coluna, mercadorias, taças, mobílias, louças, lençóis e fronhas para o único quarto por enquanto disponível na pousada.

O ar está pesado. Ao chegar à avenida principal, Canossa tem a impressão de que os poucos moradores circulando pelo centro o ignoram. Olha-se de cima abaixo até o queixo bater na clavícula: precisa comprovar que é ele, que está ali. Por um segundo chega a pensar que é invisível. Mas não. Martín Canossa está em Retiro, a poucas horas de seu *debut* no Cecil, com a sensação de ser feliz e desgraçado ao mesmo tempo; com a repentina ideia de estar entrando à força numa cidadezinha do interior. Na esquina, avista Gariglio. O jornaleiro caminha até ele pela mesma calçada com seu carrinho móvel. Tem sempre um ramo de copo de leite à venda, que ajeita com as outras flores ao lado da banca na estação. De longe pode ver agora um maço semiesmagado por um ramo de crisântemos amarelos. Que mal gosto, pensa Canossa. Quem é que gosta de crisântemo amarelo? Um retirense, ué! — responde para si. Passa por sua cabeça uma sequência de imagens de vasos com crisântemos despenteados, até que nota o vendedor atravessar a rua e seguir caminhando com passos firmes pela calçada oposta.

— Ei! Senhor! — tenta pará-lo, mas é inútil. O velho se perde e fica fora de foco.

Canossa não tem escolha senão comprar as flores na entrada do mercadinho. Quer surpreender Alia com um ramo fresco de copos de leite idêntico ao que Juan levou na noite anterior. Suas flores tornarão obsoletas as do tio, ele pensa, e será um final feliz para o episódio que permanece vivo em sua cabeça. A florista, no entanto, também não é um exemplo de simpatia. Quando Canossa pede a ela o ramo da esquerda, que tem várias flores ainda fechadas (o único de copo de leite, aliás), a mulher o interrompe:

— Essas já estão reservadas.

De modo que Canossa acaba com um ramo de cravos vermelhos — muito frescos e aromáticos, porém cravos e não copos de leite — nas mãos. Ainda animado, entra no mercadinho e passeia com suas flores pelos corredores do local. Não foi nada, não foi nada, tenta encarar com leveza os últimos episódios. Consegue inclusive rir de si mesmo diante das lâmpadas que agora bota no carrinho assoviando uma melodia antiga. A moça do caixa olha com estranheza quando ele chega para pagar as compras com o ramo de cravos dentro do carrinho. Mas a cena é muda.

Canossa sai do mercado e se dedica outra vez ao assovio. A melodia já é qualquer coisa, um som embolado que algum dia pode ter sido uma canção. Pega uma rua lateral e deixa-se levar pelos labirintos da cidade. Tentando seguir seu próprio ritmo, caminha pela calçada sem pisar nas linhas divisórias entre uma lajota e outra. À medida que se aproxima do rio, a fumaça aumenta sua densidade, ficando cada vez mais encorpada. Mas ele não repara no cheiro de queimado, nem no canto agonizante das cigarras carbonizadas nos últimos incêndios matinais. Tampouco percebe, aquela manhã, as mudanças climáticas. Bruscamente, nuvens gordas cobrem o céu e em poucos minutos, como num eclipse minúsculo, a luz volta entre a fumaceira. Canossa continua assoviando, até que numa das sequências de escuridão ele vê sua própria sombra agigantada e se desconcerta. De um minuto para o outro, se desconhece completamente. É como se fosse um dublê de Martín Canossa circulando aquela manhã por uma locação chamada Retiro, junto ao braço de um rio chamado Paraná. Pode ouvir sua respiração, pensar seus pensamentos, observar-se de fora. De outra galáxia. Sua consciência parece estar a quilômetros de sua matéria corporal, por assim dizer, e de repente teme perdê-la para sempre. O homem pensa que esse pânico novo pode estar relacionado com a suspensão dos remédios. Desde que está em Retiro parou com todos os fármacos. Até agora achava que seu humor estaria a salvo aqui, junto de Alia, longe da rotina dos escritórios e secretárias penduradas ao telefone o dia inteiro.

Mas não.

Com a impressão de estar a ponto de se desintegrar, entra numa farmácia que mais parece um armazém e pede seus Rivotrils, seus Prozacs, Diazepans e Zopiclonas. O farmacêutico olha para ele como quem olha um marciano e garante que nada daquilo existe por essas bandas. Que sente muito, amigo, lhe diz. E quando já está na porta, o vendedor o detém:

— É hoje a inauguração do Cecil, não é?

Suas palavras agem como fármaco em veia de doente. Não tem nem tempo de se perguntar como aquele desconhecido sabe que ele é o dono da boate. Instantaneamente, sente que recobra a postura, o ânimo, o sangue. Principalmente o sangue.

— Sim, senhor. Sexta-feira, 31 de julho, às oito da noite: estão todos convidados — exagera no entusiasmo. Arrepende-se de imediato, mas agora já saiu da farmácia e caminha em direção à praça.

Chegando ao banquinho debaixo do liquidâmbar, ele para. Sem perceber, deixou de tropeçar em seus aguilhões mentais. O pânico de minutos atrás desapareceu por completo e ele agora volta a se sentir tranquilo. Deixa de bobagem, Martín, fala para si mesmo em voz baixa. No banco em frente há cinco ou seis idosos alimentando pombos. Observa-os de soslaio e se sente muito longe de todos. Longe dos velhos, dos matos, dos patos, longíssimo dos retirenses. Nesse instante, pensa que é ele quem ignora o mundo, e não o contrário. Sentado na praça de Retiro, ele ri. As luzes da manhã ainda passam da luz à sombra, da luz à sombra, como um farol enlouquecido, mas isso agora não perturba nem um milímetro sua mente. Canossa respira fundo e só então sente o peso do ar. Está cheirando a queimado, ele nota. A couro queimado.

***

Uma mulher em preto e branco.

***

— Obrigada, diz Alia ao receber o ramo de cravos, e continua arrumando as taças no balcão.
— Está tudo bem? — pergunta Canossa.
— Tudo, tudo bem — responde sem prestar muita atenção.

O homem passa o resto do dia com vontade de falar, mas de sua boca não sai nada. No final da tarde, com muito esforço, consegue soltar duas palavras: Desculpe, Alia. Mas ela está com o rádio ligado e cantarola uma música romântica que cobre tudo com seu rumor monótono, de modo que a mulher nunca recebe as desculpas de Canossa. E ele tampouco percebe que ninguém o ouviu se desculpar.

A vários quilômetros mentais de distância, eis que é chegada a inauguração do Cecil. Aos poucos, o elenco vai desfilando naquela última noite de julho. Às oito e quatro minutos entra Gariglio. Depois vêm o policial da estação, o farmacêutico, Samuel Calles, uma mulher ruiva, uma vintena de aposentados e, por fim, Juan Viotti. Canossa tem a impressão de que o homem caminha com aquele ar presunçoso do interior. E repara no silêncio que se faz quando o recém-chegado termina de cruzar o salão e se instala numa mesa dos fundos ao lado de Calles. Canossa observa o movimento do bar com dissimulo, atrás do balcão. O móvel que o separa do resto faz com que se sinta a salvo. Alia, por sua vez, passeia de uma mesa a outra recebendo animadamente o público. As pessoas a cumprimentam com simpatia e fazem comentários sobre sua infância em Retiro. A tropa de aposentados a enche de beijos. Que pirralha adorável você era, lhe dizem. Canossa sente uma espécie de ciúme retroativo, que depois de alguns minutos consegue controlar. São velhos, diz para si, são um bando de velhos que não têm nem trilha sonora. No meio da turba tem também muitos mentirosos. Alguns que dizem, por exemplo, eu me lembro de como você dançava nas festas. E Alia (disso Canossa sabe) nunca dançou, odeia dançar, muito menos o faria aos dez anos. Embora ela, na verdade, pareça se divertir com as invencionices dos clientes e entre nas suas brincadeiras até se esgotarem todos os lugares-comuns. O silêncio que se faz com a entrada de Juan, no entanto, a obriga a interromper a conversa que mantém com a mulher ruiva. Alia se desculpa e a deixa sozinha com seu copo de gin para ir aonde o tio está. Sua chegada à mesa é uma festa particular: os convivas a festejam como se fosse a primeira dama, mais do que a anfitriã, e o tio beija a testa da sobrinha (não mais o cabelo, não mais a bochecha) com um ar decidido que Canossa, do outro lado do balcão, considera possessivo.

    O dono do Cecil não quer olhar o que olha. Então, lava todas as taças que encontra pelo caminho, arruma e desarruma as garrafas no armário, oferece outra dose a algum cliente empoleirado no balcão; se faz de ocupado. Neste exato momento, ele só queria estar com Alia na cama do quarto novo. Na semana anterior, experimentaram o único dormitório disponível do Cecil, o de cima à esquerda, que tem uma janela com vista para o cais, e concluíram que não estava nada mal. Desde então, o batizaram, sem muita criatividade, de "Ninho". Isso, claro, foi antes da visita do tio Juan. Canossa quer ver a Alia na cama do Ninho, ou onde for, mas junto dele e não entre esse bando de aduladores e mentirosos. Não quer ver Calles nem Gariglio nem a ruiva nem o policial nem o maldito tio. Só deseja que estes minutos sejam um sonho. Mas está ali, acordado, e nada pode mudar aquela cena. O medo que teve de manhã aflora timidamente e ele volta a sentir que está sobrando dentro do próprio corpo, que é apenas um figurante. Antes que a sensação o anule, promete-se que no dia seguinte viajará à capital para comprar os remédios suspensos. Calma, calma, repete para si enquanto ouve os ecos da multidão retumbando em seus ouvidos e reza para ninguém ter a ideia de lhe dirigir a palavra.

Mas pelo menos dois clientes têm, e ele não pode impedi-los. Primeiro o policial, que se instala no balcão. Boa noite, uma *malta*, por favor. Os demais se limitam a olhar para ele com desdém. Mas Canossa não vai permitir que os rumores coletivos o afetem tão facilmente. Calma, cara, insiste em sua mente. Procura raciocinar: é o dono da boate, tem saúde e vive com aquela mulher. As caras feias são de pura inveja. Largue mão de idiotice, se aconselha, trate de relaxar.

— O senhor é o namorado da Alia? — ouve a voz de uma mulher. É a ruiva, que agora ocupa o lugar do policial no balcão. A luz cintilante do tubo fluorescente acentua o brilho dos seus olhos. Tem um corpo bastante enxuto para seus mais de cinquenta anos e parece lidar bem com seus escassos atributos.

— Sou o marido — sai novamente com a mesma mentira.

— Que ótimo — ri a mulher. Canossa sabe que ela sabe que ele não disse a verdade.

O homem aproveita a risada para escapulir e foge para o outro canto do balcão. Logo depois a mulher sai dali e se instala numa mesa solitária, debaixo do amplo janelão. Bebendo o resto do seu gin e beliscando amendoins, se ajeita para olhá-lo de soslaio. Canossa a princípio se incomoda com o jeitão de espiã da mulher. Pensa que tem algo na cara dela, o lábio murcho, uma bochecha afundada, alguma mancha na testa, algo que denuncia o prenúncio daquele pânico que ameaça voltar a qualquer momento. Algo, em todo caso, digno de ser estudado. Mas depois se deixa olhar pela mulher e até esquece por um momento que o estão vigiando. Aos seus ouvidos chegam frases soltas que ele junta e organiza arbitrariamente, como se montasse um quebra-cabeça de letras. Que como você está linda, Alia. Que vir para Retiro foi uma ideia de gênio. Aí vem a velha e boa *Alita!* Não sejam maliciosos. Não sejam mente suja. Juan é boca suja, não mente suja. Que sentia tanto a nossa falta. Que sentia tanto a minha falta. Que não. Que sim. Que tanto filme estava me enchendo a cabeça. Que era cada idiota que me aparecia. Que a poluição da capital, que o ar puro do interior. Que a província como um ímã. Que o sangue, os laços. Que sim, que não, que ai.

As mãos erguidas dos convivas pedem mais vinho. Alia também pede, assumindo finalmente o seu domínio. A exaltação da clientela é um coro constante. E quem é que vai dar vinho a eles? De suas mãos não sairá o pedido, disso Canossa tem certeza. Por isso crava os olhos na parede esverdeada e ali fica um bom tempo, esperando o fim daquele barulho vindo do fundo do bar. Mas a parede agora também parece falar com ele. De sua fuligem começam a sair outras palavras. Que você é um lixo, um cachorro jogado aos pés de um qualquer. Que não é dono de nada nem de ninguém. Que nunca foi o patrão. Que essas taças, esse chão de madeira, esse vinho, os poros e os gritinhos daquela mulher não são seus. Que você é um pedaço dessa parede gasta. Canossa olha as próprias mãos, as pernas, o corpo inteiro e tem a sensação de não estar ali, de ter sido absorvido pelo concreto esverdeado. Olha para a ruiva com a esperança de confirmar sua presença num olhar alheio, mas até ela deixou de observá-lo. Canossa toma ar, fecha os olhos, repete para si aquele papo de controle mental, aproxima-se do espelho e faz isso: abre lentamente um olho e se inclina à sua imagem. Ali está seu reflexo, que alívio. Pelo menos sabe que continua existindo.

***

Uma mulher fora de foco.

***

Às três e meia da madrugada, Canossa decide que seu expediente terminou por hoje. Só resta uma mesa com clientes e Alia está, justamente, sentada ali. Do balcão, ele tenta lhe fazer um sinal, mas é inútil. Ela está de costas e parece animadíssima com o papo. O tio Juan continua sendo o centro das atenções. Canossa fecha a caixa registradora à chave, lava as taças e os talheres sujos e joga na pia o que sobrou de algumas garrafas de vinho. Depois passa um pano úmido no balcão e, por um instante, tem a sensação de que a ordem e a limpeza das coisas materiais produzem uma calma insuperável. Uma calma como a cena final de um melodrama. Quando apaga a luz do balcão, ouve a voz de Alia:

— Ei, o que é que há?

Canossa acha que não é para ele que estas palavras se dirigem. Mas Alia se virou e agora o encara fixamente da mesa dos últimos clientes, de modo que não há outra possibilidade: é óbvio que as palavras são para ele. É óbvio também que são palavras de desagrado. A mulher se levanta e caminha decidida até o balcão. Quando está diante dele, para e volta a dizer:

— O que é que há, Martín?

— Nada, vou fechar.

— Mas tem gente ainda. Que tipo de bar é esse?

— E não pode atender você?

— Ah, claro — ela ri. Mais do que risada, é uma bufada. — Não somos sócios, afinal?

— Sim, mas estou cansado. Com dor de cabeça.

Não é isso, entretanto, o que ele quer dizer. Como assim, sócios? Sou seu marido, Alia, não seu sócio: era isso o que deveria ter dito, idiota. Alia parece ler seus pensamentos.

— Já sei o que há com você — aposta ela.

— Não, não é isso — se defende.

— Às vezes me pergunto — diz ela, e aperta o botão de pausa — se foi uma boa ideia termos vindo a Retiro.

As palavras de Alia são uma bofetada. Canossa sente a picada de milhares de aguilhões em sua cabeça. Ergue o rosto para se refugiar naqueles olhos que tanto o ofuscam, os olhos dela, mas pela primeira vez não encontra nada ali que se pareça com tranquilidade. Então, leva as mãos à cabeça e fala em voz baixa, porém firme:

— Não diga isso, por favor.

***

Uma mulher à contraluz.

***

Dessa madrugada em diante, Canossa perde o sono. A insônia tem muitos efeitos, mas talvez o pior seja o medo de não poder dormir. O horror de ter acordado para sempre. Não consegue fazer outra coisa: deixa que a cabeça formule ideias ridículas, como voltar à capital e instalar um negócio de filmes pornô protagonizados por gente do interior, ou se dedicar a vagar com Alia pelos subúrbios e dormir cada noite num motel diferente. Mas ela não estará disposta a deixar Retiro, reflete. Então acha melhor assim: rebobinar a fita e devolver Alia à bilheteria do cinema. Tudo de novo. Ah, merda, se desespera Canossa. Os sinais da alvorada o desconcertam: o sol ameaça matar a penumbra de uma hora para outra e ele sabe que deve torcer como um pano a lucidez das últimas sombras. Então, vê os obstáculos com clareza. Ali está Juan Viotti, muito claro em seu personagem. Há algumas noites, Alia decifrou claramente o *drama* de Canossa. Essa foi a palavra que usou ao se deitar. Você está fazendo drama, Martín. Ele ficou em silêncio. E ela desembuchou sua teoria: está imaginando coisas com meu tio, pare de pirar. Ele não aprovou nem negou sua especulação. Não foi preciso. Ela já havia tomado as medidas do caso e anunciou-as ali mesmo, na cama, duas noites atrás: tio Juan não viria mais ao Cecil. Ela, por sua vez, o visitaria em Zárate.

Embora Canossa fique contente com a decisão de Alia, agora não pode evitar sentir desconfiança. Por que sua mulher de repente o compreende? O que realmente ela compreende? O voo da insônia o leva a conclusões atrozes: o que ela compreende é que se o tio Juan continuar vindo ao Cecil, vai botar tudo a perder. Só que *tudo* não quer dizer Canossa e ela, mas sim Viotti e ela. É isso. Alia não quer arriscar sua reputação nem a de seu amante de sangue. Além disso é melhor, inclusive mais excitante, dar uns amassos no tio em Zárate do que nessa cidadezinha de naturezas mortas. E lá ninguém os conhece. Pelo menos não tanto a ela. Não devem saber que é sua sobrinha, que poderia ser sua filha, aquela tremenda... Tremenda o quê? Não devem saber que ela já nem dá bola para ele, conclui Canossa. Ele descobriu tudo e precisa dizê-lo agora mesmo. Não é capaz de tolerar nem mais um segundo e, sentindo-se o ser mais lúcido do planeta, acende a luz do abajur:

— Já sei por que você não quer que seu tio venha mais ao Cecil — diz a ela. E não espera sua reação. — Que triste descobrir isso assim, à força, Alia. Teria preferido que você mesma tivesse me contado. Mas não foi capaz — faz uma ligeira pausa. — Não vai dizer nada?

Não há nada a dizer. Alia dorme ao seu lado como um bebê e as palavras ricocheteiam num eco tênue, sem a força que poderiam ter em meio a um despenhadeiro. Mas as coisas estão bastante claras para ele e, com um chacoalhão firme, consegue arrancá-la do sono.

— Martín...? — fala a garota, acordando.
— Precisamos conversar, Alia.
— Sobre o quê?
— Eu sei de tudo.
— Tudo o quê? — se endireita languidamente e olha o relógio sobre a mesa de cabeceira. — Ficou maluco? São cinco horas da manhã.
— E daí se são cinco ou seis? É importante. E você sabe muito bem.
— Não sei de nada. Me deixa dormir.

A mulher tapa a cabeça com as cobertas e se aninha num canto da cama. Canossa se sente agredido com esse gesto e algo — algo que pode estar relacionado com as horas em claro ou com o longo período sem remédios — o leva a reagir assim. Arranca o cobertor de um puxão e deixa a mulher descoberta. A cena é ridícula, porque a camisola subiu completamente e o corpo nu, encolhido como um feto, a faz parecer muito frágil.

— Acabou, Alia! Ninguém me engana!

A mulher com certeza tem vontade de dar uma bofetada daquelas na cara dele, mas se reprime. Com uma indiferença que destrói Canossa, levanta da cama e caminha cambaleante até a porta. Antes de sair, balbucia:

— Você está péssimo, Martín. Vá se tratar! — e fecha a porta por fora.

***

Uma mulher colérica ou candente.

***

Desde então dormem separados. Alia no quarto novo, o Ninho, e se fecha à chave até de manhã. Durante o dia, mal conversam. Isso quando ela está em Retiro, porque nos últimos tempos deu de fazer a mochila e pegar o ônibus para Zárate ao meio-dia. No entanto, como se tivessem estabelecido um acordo tácito, a mulher volta toda noite às oito em ponto. Então, se instala no Cecil e recebe os clientes ao lado de Canossa. Inclusive, entre um freguês e outro, dá comida para o vira-lata de estimação que faz festinha para ela na porta, com seu rabo abanando. Poderia se dizer que tudo caminha mais ou menos igual: os convivas continuam ignorando ele e se divertindo com ela, o policial continua sendo o único freguês relativamente simpático, a ruiva observa o movimento do Cecil com atenção excessiva e solta de vez em quando seus comentários intrometidos. A única coisa diferente, agora, é a atitude de Alia. A garota se tornou mais reservada, menos jocosa. Como se a ausência do tio Juan alterasse sua personalidade. Canossa a vê distante, em outro filme, e passa noites inteiras pensando em como trazê-la de volta. Precisa com urgência voltar ao ponto de partida, ao dia do cinema, a ver O *idiota* e todos os filmes em cartaz no século vinte, se for necessário.

***

Certa manhã em que o ar de Retiro é quase irrespirável, Canossa decide ir comprar seus remédios na capital. Talvez Alia tenha razão e ele deva se tratar. Talvez seus dramas, como disse ela, sejam parte de um problema químico. Seja como for, ele toma o trem das nove e ao meio dia já está no centro. As manifestações em frente ao obelisco lhe causam desconfiança: como se por trás do ruído da multidão se escondesse uma verdade que só ele desconhece. Canossa tem enorme dificuldade em abrir espaço entre aquele monte de gente. Mas por fim, empurrando e pressionando, consegue.

Ao sair da farmácia com sua sacola de remédios, para numa mercearia e compra sete quilos de mostarda. Está tão empenhado em recuperar Alia que vai disposto a agradá-la em tudo. Como uma filha mimada. Pensa nela quando vê numa vitrine a medalhinha de prata com a letra A. Na verdade também tem um D, um M e um S, mas Canossa sabe que o A brilha só para ele, que o ilumina com seu brilho fosforescente e implora para ser resgatada daquela vitrine, para se instalar em seu pescoço e salvá-lo. Então ele entra na loja e agradece ao vendedor por tê-lo esperado todo esse tempo. O homem olha para ele com cara de paisagem e recebe o pagamento em dinheiro pela corrente e a medalhinha.

Por isso, agora que tem o amuleto no pescoço e um arsenal de pílulas brancas no armário do Cecil, imagina que poderá funcionar com mais calma. Mas, ao invés disso, os sintomas pioram a cada dia: a insônia é crônica, a cabeça rumina dia e noite ideias desconexas, sente dificuldade de sair da cama. Se fosse por ele ficaria deitado para sempre. Não foi só sua cabeça que desvirtuou, compreende, mas também seu humor e até sua sombra. A única coisa que deseja — se é que pode falar de desejo — é estar com Alia, mas ela agora mal olha para ele. Nem mesmo se atreveu a mostrar a ela o A de prata que traz no pescoço, pois ultimamente qualquer comentário fora de hora a irrita. Já não somos nem sócios, calcula Canossa.

***

Uma mulher sem roteiro.

***

Tudo poderia seguir naquele estado lânguido, não fosse o que acontece no segundo dia de setembro. O que não acontece, na verdade: nesse dia, Alia não chega ao Cecil às oito. Nem às nove, nem às dez. Canossa atende o bar sozinho e precisa lidar durante quatro ou cinco horas com os cochichos dos clientes. Em dado momento da noite, surge a ruiva com o cabelo muito avermelhado. Poderia se dizer, inclusive, que tingido por cima do seu vermelho natural. Os homens a olham de soslaio e continuam bebendo calados. A mulher se instala no balcão, pede um gin e solta uma gargalhada. Ninguém diz nada, mas é muito provável que a estejam julgando. A ruiva bebe solitariamente, espiando pelo grande espelho do balcão a cena que se desenrola às suas costas. Quando Canossa está por perto, ela diz em voz baixa: E a *Alita*? Ele não consegue responder porque a mulher diz ah, a *Alita*, solta um suspiro e não olha mais para ele. Canossa quer colocá-la em seu devido lugar, discursar escandalosamente por ela se atrever a insinuar sabe-se lá o quê. Mas, assim como na primeira noite, vira os olhos pra parede verde e dali não sai mais. Quando o policial se aproxima do balcão para pedir um copo de soda ou uma *malta*, compreende que o homem não vai falar mais. E ele mesmo sugere à clientela que deixe o local. Os fregueses (incluindo a ruiva, que continua bebendo sozinha no balcão) obedecem ao oficial e começam a ir embora em silêncio, como se saíssem juntos de uma missa lotada.

Naquela noite, Alia deu início ao costume de não chegar ao Cecil. Um dia sim, dois não. Canossa senta para fumar em algum banquinho, toda tarde, e deixa os pensamentos quietos em algo, algo que ainda não tem uma forma exata, mas que já se adivinha. Tudo vai desmoronando diante dos seus olhos. Aqui há maldade, rumina ele, pura maldade.

***

Não leva uma semana até Canossa tomar a decisão. Já matutou bastante, mas somente agora suas palavras ganham vida. Ninguém ri de mim, ninguém me engana, sentencia enquanto engole seu coquetel de remédios e fecha as portas do Cecil. Gariglio para junto ao janelão, por fora, e observa Canossa sem dissimular, como se vigiasse um doente. Depois chegam o policial, Calles, os velhos, e batem devagarinho na porta e baixam a voz e murmuram do outro lado, como se o doente estivesse agonizando e qualquer barulho pudesse matá-lo. Até que o murmúrio vira um silêncio profundo e as sombras desaparecem atrás da janela. Canossa olha o relógio cuco que anuncia a meia-noite e meia, mas não abandona seu posto. Ao amanhecer, depois de comprovar que mais uma vez Alia não voltará, senta-se numa mesa do fundo e tem a impressão de que o bar é um hospital deserto, e que todos os doentes, os aparentes e os terminais, partiram para sempre.

Quando a mulher volta ao Cecil, às cinco e quarenta e três daquela madrugada de setembro, Canossa continua na mesa do fundo. A risada de Alia à porta o arranca de sua cilada mental e, num ato de inércia, se dirige até a janela. Dali, ele os espia: Juan a agarra pela cintura e a abraça com força. Canossa não viu mais o homem desde a abertura da boate. Paralisado, observa até o último detalhe da cena. Vê o instante em que a sobrinha e o tio se olham com aquela expressão de quem foi já longe demais e ainda não foi o bastante. Vê como se exibem diante dele (diante de seus olhos obrigados a ver o que não querem ver) da maneira como realmente são. Vê, afinal, o portão se abrindo e a silhueta de ambos no batente da porta.

— Boa noite — diz o tio como se não fosse nada. Como se Canossa fosse o sogro e ele trouxesse a primogênita de volta sã e salva.

— Boa noite? — pergunta, dando uma risada furiosa. — Está desejando boa noite pra mim, desgraçado?

— Calma lá. Calminha, cara — Juan responde, agora com a voz de um pai todo-poderoso. — Somos gente adulta.

— Você não é gente — diz Canossa. — Você é um verme.

Alia olha para ele com uma expressão neutra, como se ainda não decidisse a qual lado se filiar. Como se, aliás, ainda pudesse fazê-lo. Seus olhos revelam uma luminosidade opaca, talvez forçada pela urgência do momento. Aquele par de sementes parece agora impenetrável diante dos olhos de Canossa. E por segundos lhe vêm à mente as lembranças da primeira vez que a viu, atrás do guichê. A imagem é um sopro de felicidade e ele reza aos céus para que algum dia (agora mesmo, por favor, por favor) ela volte a ser sua bilheteira, a mesma mulher de interior, Terra adentro, que olhava o mundo do lado de lá e anunciava comédias e dramas alheios.

— O que você está fazendo, Alia? — consegue dizer em voz muito baixa.

— Não me peça explicações — pede ela.

— Não estou te pedindo nada — se desculpa ele, e começa a se sentir cada vez menor.

— Bem, eu estou — fala decidida. — Peço que me deixe em paz — e vacila uns segundos antes de especificar. — Que nos deixe em paz, por favor.

Canossa perde o ar. Juan continua de pé na porta e olha a cena como o diretor de um comercial em plena filmagem. Alia se encosta no tio e o abraça. Mas seu gesto, no fundo, é de solidariedade. Ninguém ri de mim, Canossa precisa dizer, ninguém faz isso comigo. Estão pensando que sou idiota?, quer gritar. No entanto, pior que num videoclipe, sua boca nem se abre. A mulher passou, ele percebe naquele momento, para o bando inimigo. O que é isso?, gostaria de protestar e talvez puxá-la e trazê-la à força para o seu bando, o verdadeiro e único bando. Vem para cá, Alia. Mas ela está longe demais, em outra curva visual. Subitamente a figura da mulher se dissolve do enquadramento. Só então Canossa compreende que Alia já não faz parte do seu universo. Ele a olha pela última vez, transmite em silêncio tudo o que passa ou acha que passa por sua cabeça e se afasta em câmera lenta, sem nenhuma pressa.

***

Uma língua de fogo, a mulher.

***

Naquela madrugada o incêndio ocorre no único quarto disponível do Cecil. Quando chegam os bombeiros, Alia já está morta. Encontram Canossa acordado, caído no chão do próprio bar. Depois daquela noite, Juan Viotti nunca mais voltou a Retiro. Foi engolido por Zárate ou alguma outra locação próxima. Os demais clientes, é claro, tampouco voltaram a pisar nas tábuas gastas do Cecil. Nem mesmo a ruiva. A versão oficial do incêndio é uma falha no sistema elétrico: um acidente. Velho demais, o edifício. Uma faísca louca e *the end*. Até agora não foi possível comprovar se o fogo teria sido intencional.

A ordem judicial sairá três dias mais tarde. Canossa será preso pelo mesmo policial que fora seu cliente no Cecil. Tenho que prendê-lo, dirá o policial em tom de western. E Canossa estenderá os braços numa atuação exagerada de sua entrega. Quando lhe algemarem, não notará que a corrente de prata que comprou na capital meses atrás cairá no chão, e a letra A ficará brilhando no asfalto como uma estrela perdida. O vira-lata cor de baunilha se aproximará para tentar lambê-la, e é isso. Uma cena sem clímax. Duas noites depois, na cela, Canossa falará sobre o incêndio pela primeira vez. E o fará para o mesmo policial. Dirá que parece um milagre. Que tudo isso, que Alia, que os aguilhões que espetavam sua cabeça, que vê-la sentadinha ali, que o cinema, que o Cecil, que o brilho daquela espécie de faca e depois o fogo, que tudo parece um milagre. Vê-la atrás do guichê da bilheteria terá sido suficiente para acender o pavio. O policial será testemunha de como o roteiro improvisado o fará arrastar as palavras num primeiríssimo plano. Então eu olhei para ela e não vi mais nada, ele dirá. O fogo a deformara. Eu a vi queimar. Parecia um tumor, uma coisa nem viva nem morta. Mas os olhos continuavam com vida. Estavam bem abertos — o que será que aqueles olhos ainda viam? Estava viva, eu juro.

As chamas serpenteavam pelos lençóis do Ninho. Então eu a deixei ali e saí pelo corredor, porque o cheiro de queimado e os gritos e os poros e a língua de fogo me faziam tremer.

***

Uma mulher que acende as luzes.

Este livro foi composto em tipologia Lora, no papel pólen bold, enquanto Chet Baker Quartet tocava *No problem*, para a Editora Moinhos.

Era outubro de 2020, uma sexta-feira, aparentemente tranquila, com o coronavírus solto pelo ar.